오 늘 도
희 망 을
짓 습 니 다

# 해비타트

한국해비타트 엮음

삼인

## 일러두기

- 한국해비타트와 관련된 내용에서는 '한국해비타트', 미국 본부와 관련된 내용에서는 '국제해비타트', 그 외 내용에서는 '해비타트'로 구분했습니다.
- 한국해비타트가 지은 집에 거주하게 된 가정을 '입주가정', '홈파트너'라고 불렀다가 현재는 '홈오너(Homeowner)'로 부릅니다. 책에서는 입주가정 등으로 부르던 시기의 내용에서도 '홈오너'로 통일했습니다.
- '지미카터특별건축사업(Jimmy Carter Work Project)'은 'JCWP'로 불리다가 2009년 이후부터는 'CWP(Carter Work Project)'로 불리고 있습니다. 책에서는 2001년에 우리나라에서 개최한 JCWP를 중심으로 다루므로 CWP로 바뀌기 전의 JCWP로 통일했습니다.
- 본문은 인터뷰 내용, 한국해비타트의 자료 등을 토대로 엮었습니다. 또한, 고(故) 김기선 님이 한국해비타트 내부 인트라넷에 올린 글 중 일부를 재구성한 내용도 있습니다.
- 본문에 나오는 사람들 일부의 이름은 가명입니다.
- 책에 들어간 사진의 저작권은 한국해비타트에 있습니다. 일부 사진은 오래된 필름으로 화질이 좋지 않게 보일 수 있습니다.

한국해비타트 30년
기 적 의   이 야 기

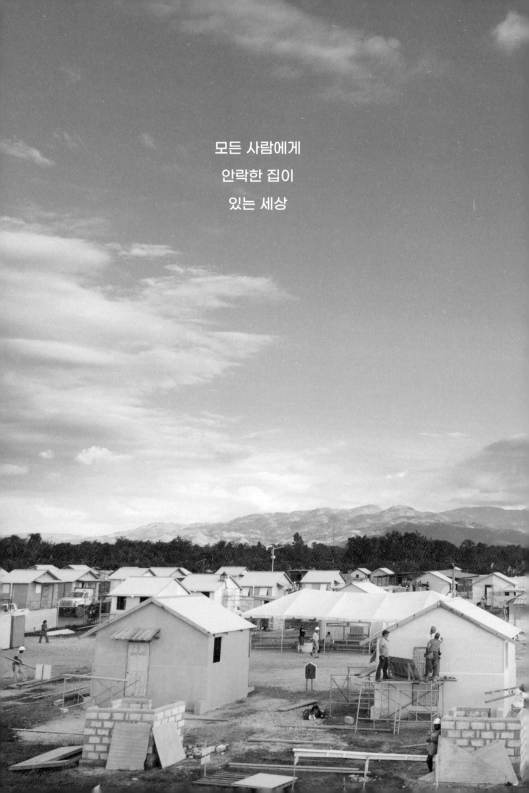

모든 사람에게
안락한 집이
있는 세상

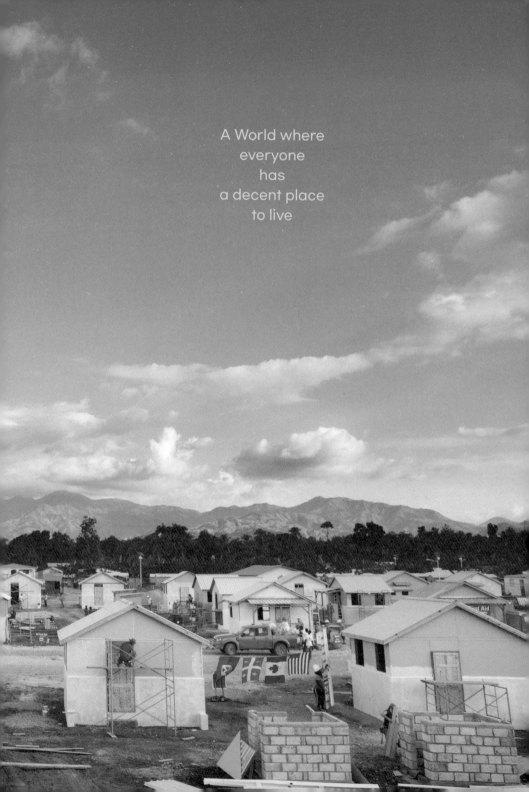

A World where
everyone
has
a decent place
to live

Build HOME,
**Build
HOPE**

Build HOME,
Build HOPE

Build HOME,
**Build
HOPE**

Build HOME,
Build
HOPE

Build HOME,
**B u i l d**
**H O P E**

1994년에 창립된 한국해비타트가 2024년 30주년을 맞았습니다.

혼히 30년을 한 세대(世代)라고 합니다. 표준국어대사전에 의하면, 세대란 어린아이가 성장하여 부모의 일을 계승할 때까지의 성장 기간을 말합니다. 지난 30년을 돌아보건대, 한국해비타트는 이 성장 기간을 최선을 다해 충실히 살아냈다고 자부합니다.

한국해비타트는 집 짓기가 단순히 집이라는 건축물을 세우는 것이 아니라 가정을 세우고 마을을 일구는 일이라는 믿음으로 이 일을 지속해왔습니다. 그 시간 속에서 홈오너(입주가정) 가족은 삶의 의지를 되찾았고, 자원봉사자와 후원자는 어려운 이웃과 함께하는 나눔의 기쁨을 경험했습니다.

이 책은 '모든 사람에게 안락한 집이 있는 세상'이라는 비전을 가지고 한국해비타트가 걸어온 길과 그 길에서 만난 사람들(홈오너, 자원봉사자, 후원자 및 후원기업)의 따뜻한 이야기들을 담았습니다.

'집'을 짓고, '가정'을 세우고, '마을'을 일궈온 우리의 이야기가 많은 분께 희망이 되고 작은 선물이 되기를 소망합니다.

- 윤형주, 한국해비타트 이사장

"왜 하필 집입니까?"

이 질문은 집을 지어주고, 고쳐주는 일을 하는 한국해비타트가 가장 많이 듣는 질문 중 하나다. NGO들이 해야 할 많은 일 중에서 왜 하필 어렵고 무거운 주제인 '집(주거문제)'을 다루는지 많은 이들이 궁금해한다. 우리는 이 질문에 다시 질문을 던진다.

"당신에게 집은 어떤 의미입니까?"

'집'이란, 사람이나 동물이 추위, 더위, 비바람 따위를 막고 그 속에 들어가 살기 위해 지은 건물을 말한다. 그런데 이러한 집이 없다거나 있다고 해도 제대로 된 집이 아니라면 개인과 가정, 그리고 사회에까지 좋지 않은 영향을 미치게 된다. 그러나 대부분의 사람들은 그게 어느 정도인지 상상하지 못한다.

제대로 된 집에서 살지 못한다면 삶 전체가 위협받는다. 아이들은 공부에 집중하기 어렵고, 어른들은 경제적 그리고 심리적으로 안정될 수 없다. 이렇게 개인과 가정이 어려워지면 지역 사회도 어려움을 겪게 된다. 이처럼 개개인의 주거문제가 사회문제로 이어질 수 있기에 우리나라 유일의 주거복지 공익법인인 한국해비타트는 집에 집중할 수밖에 없다.

1994년 '한국사랑의집짓기운동연합회'로 시작한 한국해비타트는 2024년, 서른 번째 생일을 맞이했다.<sup>*</sup> 지금이야 한국해비타트에 대해 많은 사람이 알고 있지만, 30년 전 그 시작은 참으로 미약했다.

한국사랑의집짓기운동연합회 출범 당시에는 사람도, 자본도 부족했다. 2000년까지 한 해에 3~4세대를 짓는 데 그쳤었다. 그러던 중 '지미카터특별건축사업(이하 'JCWP')<sup>**</sup>'을 진행하면서 성장의 계기를 맞게 됐다.

2001년 8월, 우리나라에서 개최된 JCWP에는 지미 카터 전 미국

---

<sup>*</sup> 2010년에 (사)한국해비타트로 법인 명칭을 변경했다.

<sup>**</sup> 지미카터특별건축사업(Jimmy Carter Work Project) : 지미 카터 전 미국 대통령이 해비타트 운동에 참여하기 시작한 1984년 이래 매년 미국과 다른 국가를 번갈아가며 한 번에 수십에서 수백 세대에 이르는 집을 짓거나 고쳐온 행사다.

대통령 부부를 선두로 밀라드 풀러 해비타트 (당시) 총재 부부(해비타트 창립자), 코라손 아키노 전 필리핀 대통령 등이 참석했고, 전 세계에서 1만여 명의 자원봉사자가 아산, 진주, 태백, 군산, 경산, 파주 등 6곳에 모여 165채를 지었다.

당시 모두의 기억에 남은 한 가정이 있었다. 외환위기로 인해 힘든 시기를 보내다가 해비타트 주택에 입주하게 된 홈오너였다. 말끔하게 지어진 새집으로 이사하던 날, 입주예배 후 홈오너는 간단한 소감을 전하고 싶다며 일어섰다.

"사는 것이 너무 힘들어 가족들과 함께 세상을 등질까 고민했는데, 한국해비타트를 통해 새집에 살게 되면서 이 세상은 살아볼 만한 가치가 있는 곳이구나 생각하게 됐습니다."

감사 인사를 하면서 어린아이처럼 우는 홈오너를 본 자원봉사자와 한국해비타트 직원들은 '집이란, 단순히 물리적 공간이 아니라 개개인의 안녕과 평화를 지킬 수 있는 가장 튼튼한 주춧돌'이라는 것을 다시 한번 느꼈다.

한국해비타트는 지난 30년 동안 약 40만 명이 넘는 자원봉사자와 함께 국내외 2만 8,000여 세대에게 보금자리를 제공했다.

이러한 결실은 한국해비타트가 처음 시작할 때만 해도 상상하지 못한 일이었다. 이 모든 게 내 집보다 더 잘 지으려고 노력한 자원봉사자, 후원자, 다시 삶의 희망을 찾은 홈오너, 그리고 한국해비타트 직원들의 헌신 덕분이었다.

이 책은 집을 지으면서 개인의 삶을 변화시키고 사회에 희망을 선물한 한국해비타트가 30년 동안 만난 '인연'에 대한 아름다운 기록이다. 책에 담긴 이야기를 통해 집의 소중함에 대해 다시 생각하고, 이웃에게 도움을 주는 일이 얼마나 세상을 따뜻하게 만드는지 알게 되리라 믿는다.

마지막으로, 한국해비타트 30년 동안 함께해준 자원봉사자, 후원자 및 후원기업, 홈오너에게 고마운 마음을 전한다. 이 파트너*들이 있었기에 한국해비타트는 '모든 사람에게 안락한 집이 있는 세상'을 만들어갈 수 있었다. 그 모든 분들에게 감사의 마음을 전한다.

*한국해비타트는 협력을 통해 집을 갖게 되는 '홈오너', 건축에 필요한 자금 또는 기술 등을 기부하는 '후원자 및 후원기업', 그리고 건축 현장에 와서 참여하는 '자원봉사자' 모두를 '파트너'라고 부른다.

차례

## 1장  가슴 떨리는 일

## 2장  함께 짓는 집

# 가슴
# 떨리는
# **일**

한국해비타트의 파트너(자원봉사자, 후원자, 홈오너)는
'모든 사람에게 안락한 집이 있는 세상'을 실현하기 위해 함께 집을 짓는다.
고되고 힘든 순간도 있었지만 행복하고 가슴 떨리는 순간도 있었다.
이 장에서는 자원봉사자, 후원자, 홈오너가 함께
울고 웃으며 만들어낸 가슴 떨리던 순간들을 담았다.

# 광복절,
# 우리는
# 왜
# 달리는가?

한국해비타트는 2017년부터 독립유공자 후손들의 주거문제에 관심을 두기 시작했다. 당시 언론을 통해 독립유공자 후손들의 열악한 주거환경이 집중적으로 보도되었는데, 그들은 곰팡이와 거미줄로 가득한 허름하고 위험한 집, 한겨울에도 따뜻한 물이 나오지 않아 찬물로 설거지를 하는 집에서 살고 있었다. 자랑스러운 독립유공자들의 후손임에도 불구하고 제대로 된 집조차 없는 안타까운 현실이었다.

"고문 때문에 일도 못 하시고 집도 방 한 칸이 다였어요. 다 쓰러져가는 집에서 돌아가셨죠."

일제강점기에 많은 독립운동가가 투옥되어 목숨을 잃었다는 사실을 모르는 사람은 없다. 그러나 우리는 한순간에 가장을 잃고 극빈자의 삶을 살아야만 했던 남겨진 가족들의 현실에 대해서는 알지 못한다. 그나마 목숨을 붙들고 살아 돌아온 이들도 상황은 마찬가지였다. 고문 후유증을 안고 간신히 집으로 돌아왔지만, 그곳에는 생계를 책임질 사람이 없었다. 그렇게 병마, 가난과 함께한 세월이 100년 가까이 지속됐다. 나라는 독립 후 성장의 가도를 달렸지만, 수많은 독립유공자 후손의 상황은 여전히 그 자리 그대로였다.

이러한 현실을 알게 된 한국해비타트는 열악한 주거환경에서 사는 독립유공자 후손들의 주거 개선 사업을 계획했고, 첫해인 2017년에 '집으로 가는 길, 0815' 캠페인을 진행했다. 독립유공자 후손들의 낡고 부서진 싱크대와 화장실을 개선하는 사업이었다.

2019년에는 대한민국 임시정부 수립 100주년을 맞아 서대문형무소 역사관과 MOU를 체결하고 '독립유공자 후손 주거 개선 캠페인'을 공식적으로 시작해 2017년부터 2023년까지 112세대 이상의 독립유공자 후손의 주거환경을 개선했다.

'815런'은 독립유공자 후손들이 안락한 주거환경에서 살아갈 수 있도록 지원하는 기부 마라톤으로, 한국해비타트와 '봉사의 소중함'을 알리며 선한 영향력을 끼치고 있는 션이 함께 진행하고 있다. 수

2020년에 열린 첫 815런 때의 션

2024년 815런에서 태극기를 들고 결승선으로 들어오고 있는 션

천 명의 참가자가 낸 소중한 후원금은 열악한 환경에서 어려움을 겪는 독립유공자 후손들의 집을 짓는 데 쓰인다.

코로나19(이후 '코로나')가 한창이던 2020년에 시작된 815런은 '버추얼(Virtual) 815런'이라는 이름의 비대면 러닝 캠페인으로 진행됐다. 참가 신청자가 원하는 장소와 시간을 정하고 3.1킬로미터, 4.5킬로미터, 8.15킬로미터를 달린 다음, 온라인으로 인증하는 방식이다.

7시간 58분 26초.

2020년 8월 15일, 처음 도전한 션이 독립문에서 노들나루공원까지 왕복 10번, 총 81.5킬로미터를 달리는 데 걸린 시간이다. 너무 많은 비 때문에 완주가 힘들 수도 있겠다는 이야기가 있었지만 션은 땀과 비로 온몸이 다 젖어도 끝까지 웃음을 잃지 않고 결승선을 통과했다.

이날에는 전국 각지에서 3,000명의 815러너가 참여했고, 후원기업도 24곳이나 됐다. 한국해비타트는 이렇게 모인 3억 원가량의 후원금을 독립유공자 후손들의 집을 짓는 데 사용하기로 했다.

션은 815런 기금으로 1호 집을 짓고 있는 전남 화순에 찾아가 봉사활동에 참여했다. 그는 이곳에서 독립운동가 김용상 선생의 손녀 김금순 할머니를 만날 수 있었다.

"집을 짓는 동안 마을회관에서 지내셨는데 아침마다 나오셔서 당신의 집이 조금씩 지어지는 걸 보신 거예요. 헌정하는 날, 들어오셔서는 너무 감사하다고 눈물을 흘리시는데…"

션은 새집이 생겼다는 사실에 기뻐하는 김금순 할머니의 손을 잡고 말씀드렸다.

"제가 100호 집까지 한번 지어보겠습니다."

션은 그 약속을 지키기 위해 더 많이, 더 멀리, 더 많은 사람들과 달리기로 결심했다.

그렇게 2024년 8월 15일에도 815런이 진행됐다. 유난히 덥고 습했던 이날, 션은 7시간 51분 59초 동안 81.5킬로미터를 완주하며 또 한 번 감동의 레이스를 선사했다. 이때 역대 최대 규모인 1만 4,500여 명의 815러너가 행사에 참여했으며, 후원기업(55곳)과 후원자들의 기부금, 참가자들의 참가비를 더한 후원금이 14억 8,000만 원을 넘었다.

한국해비타트는 지금까지 5차례 열린 815런을 통해 모인 후원금으로 독립유공자 후손 17세대에게 새로운 집을 선물했다.

· 1호 집(2021년 5월)
  독립군들의 군자금을 모금했던 김용상 선생의 후손가정(전남 화순)
· 2호 집(2021년 9월)
  4.4 독립만세운동에 참여한 최덕주 선생의 후손가정(경기 동두천)

전남 화순에 지어진 1호집, before & after

- 3호 집(2021년 12월)

  4.5 청양군 정산 독립만세운동을 주도한 임철재 선생의 후손가정(충남 청양)

- 4호 집(2022년 5월)

  경남 창원 독립만세운동을 전개했던 신갑선 선생의 후손가정(경남 창원)

- 5호 집(2022년 5월)

  경북에서 항일독립운동을 전개했던 안치준 선생의 후손가정(울산)

- 6호 집(2022년 6월)

  춘천 의병장 이소응 선생의 후손가정(충북 제천)

- 7호 집(2022년 10월)

  의병장 신돌석 선생의 후손가정(경북 청송)

- 8호 집(2022년 12월)

  광복군 총사령부 경위대에서 활동했던 문채호 선생의 후손가정(전남 구례)

- 9호 집(2023년 8월)

  중국에서 독립만세운동을 전개했던 김정규 선생의 후손가정(충남 보령)

- 10호 집(2023년 12월)

  독립만세운동 중 체포된 후 만주에서 독립운동을 전개했던 손진구 선생의 후손가정(경북 영천)

- 11호 집(2023년 12월)

  의병으로 대일항전을 전개했던 김진구 선생의 후손가정(경북 예천)

- 12호 집(2023년 11월)

  예산에서 독립만세운동을 주도했던 장문환 선생의 후손가정(충남 예산)

- 13호 집(2024년 1월)

  광복군 출신 독립운동가 부부 박영섭, 김숙영 선생의 후손가정(강원 강릉)

- 14호 집(2024년 7월)

  독립의군부 및 광복단으로 활동했던 채복만 선생의 후손가정(전북 정읍)

- 15호 집(2024년 7월)

  일제강점기 시기 순천 지역에서 농민 독립운동을 이끌었던 독립유공자 박병두 선생의 후손가정(전남 광양)

- 16호 집(2024년 8월)

  4.5 정산장터 독립만세운동에 앞장선 이구현 선생의 후손가정(충북 청주)

- 17호 집(2024년 11월)

  경북 의성에서 3.1 독립만세운동에 참여했던 배용석 선생의 후손가정(대구)

선과 한국해비타트는 힘들지만 의미 있는 레이스에 또 한 번 도전한다. 바로 2021년부터 시작된 3.1런이다. 3.1킬로미터를 달리는 이 마라톤 또한 독립의 열기가 뜨거웠던 삼일절을 기념하고 독립유공자 후손들의 주거환경 개선 기금을 모으기 위한 행사다.

2024년 3월 1일, 갑작스러운 꽃샘추위로 인해 낮 기온이 영하 7도였던 그날의 날씨는 상암 월드컵공원 평화의광장에 모인 참가자들의 손과 발을 얼어붙게 했다. 하지만 삼일절을 기억하기 위해 3.1런에 참가한 사람들의 마음만큼은 어느 때보다 뜨거웠다. 전국에서 모인 참가자들은 한국해비타트에서 나눠준 태극기를 가방과 모자에 달고 100년 전 독립을 외쳤던 그날의 열기를 마음에 품고 힘찬 걸음을 내디뎠다. 수백 명이 든 태극기가 바람에 휘날리는 모습은 가슴이 뭉클하다는 표현으로는 부족했다.

이 외에도 선과 한국해비타트는 2023년부터 '6.6 걷기 대회'를 진행하고 있다. '6.6 걷기 대회'는 2023년 6.25 전쟁 정전협정 70주년을 맞아 주거환경이 취약한 국가유공자를 위해 현충일(6월 6일)에 6.6킬로미터를 걷는 행사다. 참여한 사람들의 걸음 수(걸음 기부)와 참가비, 그리고 참가자 모두의 마음이 국가유공자들에게 전해졌다(2023년 1,000명, 2024년 1,500명 참가).

어린아이를 어깨에 태우고 나온 부부, 휠체어를 타고 온 분, 학생,

경찰, 연인, 가족···. 참가자들의 모습은 각양각색이었지만 이들에게는 한 가지 공통점이 있었다. 바로 태극기를 몸에 지닌 채 우리의 역사를 몸으로 기억하고 있다는 것이었다.

"바쁘게 살다보면 당연한 것을 잊고 살 때가 있죠. 독립유공자들의 큰 희생 덕분에 우리가 평온한 삶을 누리고 있다는 것을 잊지 않았으면 합니다. 그 바람을 안고 앞으로도 달려보겠습니다."

한국해비타트는 앞으로도 삼일절과 광복절마다 '고맙습니다. 잊지 않겠습니다.'라는 슬로건 아래 선과 함께 달릴 것이다. 독립유공자 후손들을 위한 100호 집이 완성되는 그날까지 걸음을 이어가며 그들의 삶에 따뜻한 변화를 불러오려 한다. 세대를 넘어 전해지는 감사와 그들의 기억하고자 하는 마음이 모여 만들어낼 새로운 시작을 향해, 그 힘찬 함성은 멈춰지지 않을 것이다.

"잘될 거야, 대한민국!"

독립유공자 후손가정 댁에 명패를 달고 있는 션과 815런 참여로 함께하는 참가자들

# 어느
# 가장의
# 고백

다섯 세대가 한 마을을 이루는 깊은 산골마을에서 유년 시절을
보낸 상철 씨는 목수가 되면 먹고살 수 있다는 형님들의 이야기를
듣고 목수가 됐다. 그러나 목수가 된 그의 삶은 그렇지 않았다.

"목수로 20년 가까운 삶을 살았어요. 그러나 지금 제게 남은 건
빚뿐입니다."

상철 씨는 전국을 떠돌며 부초 같은 삶을 살았다. 돈을 벌기 위해
싱가포르와 사우디아라비아까지 다녀왔지만 가난을 벗어나지는 못
했다. 그는 자신의 부족함을 탓했다.

"하루 벌어 하루 사는 삶을 살았어요. 계획을 세우거나 목표를 따

라가는 삶을 살지 못했습니다."

한국해비타트를 만나기 전, 상철 씨의 가족이 정착한 곳은 강원도 정선이었다. 지금은 강원랜드로 이름을 알린 곳이지만 그때만 해도 한적한 시골 마을이었다. 지금은 거의 사라진, 슬레이트 지붕에 합판을 댄 집에 상철 씨의 가족은 자리를 잡았다. 옆집의 소음이 다 들리고, 정화조의 역한 냄새까지 스며드는 집에서 아내는 두 아이를 키워냈다. 겨울이면 합판을 뚫고 들어오는 매서운 바람을 견뎌야 했지만 방법이 없었다. 그런 고된 생활을 이어가다 보니 가정에도 금이 가기 시작했다.

상철 씨가 술에 의지하는 날들이 점차 늘어났다. 집에 와도 편하게 쉬지 못하니 밖에서 시간을 보내다가 잠을 잘 때만 집으로 돌아왔다. 교회에 다니던 가족이었지만, 신앙생활마저 소원해졌다. 아주 가끔 하는 기도는 "왜 제 삶은 하나도 나아지는 것이 없습니까?"라는 원망으로 쏟아져나왔다.

반면, 상철 씨의 아내는 '희망'을 놓지 않았다. 돈을 벌기 위해 음식점에서 일을 하고, 산을 돌며 나무에 주사를 놓는 험한 일도 마다하지 않았다. 다리에 멍이 들고 상처투성이가 돼도 가정을 포기할 수 없어 이를 악물고 견뎠다.

그러던 어느 날, 처음 들어본 단체에서 집을 지어준다는 소식을 들은 아내가 설레는 마음으로 상철 씨에게 그 이야기를 했다. 그러나 상철 씨의 반응은 의외로 냉담했다.

"그 사람들 사기꾼 아니야?"

남편의 말을 들은 아내는 할 말이 없었다.

"이상하잖아. 왜 남의 집을 거저 지어주냐고? 사기꾼들이 틀림없어."

의심을 잠재우기 위해 아내는 상철 씨를 데리고 입주 설명회를 찾았다. 건축 원가는 집을 다 짓고 입주까지 한 후에 무이자 할부로 상환하면 된다는 이야기를 듣고서야 상철 씨는 의심을 거두기 시작했다.

'그래, 밑져야 본전이지.'

마음을 고쳐먹은 상철 씨는 아내와 입주 신청서를 작성했다. 그러나 마음 한편에서 묵직한 짐이 느껴졌다. 그에게는 이미 많은 빚이 있었다. 무이자라고는 하지만 거기에 집값 할부가 더해지면 감당하기 버거울 것 같았다.

"다시 생각해보자."

상철 씨는 쓰던 입주 신청서를 조용히 서랍 안으로 밀어 넣었다. 하루, 이틀… 시간이 흘러 마감 날짜가 코앞으로 다가왔다. 애가 탄 아내는 상철 씨를 붙잡고 아이들 이야기를 꺼냈다. 아이들에게까지 이런 삶을 물려줄 수 없다는 아내의 말에 상철 씨는 고개를 끄덕일 수밖에 없었다.

'그래, 우리는 괜찮지. 그렇지만 아이들은 아니지. 앞으로도 집주인 눈치 보며 살게 할 수는 없지. 좀 더 크면 좋고 깨끗한 곳에서 살아야 하는데…. 그래, 한번 저질러 보자.'

이후 홈오너로 선정된 상철 씨 부부는 '땀의 분담'을 위해 태백의 건축 현장을 찾았다. 뜨거운 여름날, 자원봉사자들과 함께 8시간씩 집을 지었다. 상철 씨에게 건축 현장의 노동은 낯선 일이 아니었다. 우리나라에서도, 해외에서도 밥벌이를 위해 어쩔 수 없이 했던 일이었지만, 새집 그것도 내 집이라는 꿈이 생긴 상철 씨에게 '땀의 분담'은 지난날의 노동과 같지 않았다. 땀이 나고 몸은 힘들었지만 마음은 지치지 않았다. 일과를 마치고 돌아서는 순간부터 내일이 기다려졌다. 자연스럽게 술도 끊게 됐다.

'땀의 분담'을 위해 두 달여의 시간을 보냈을 때, 상철 씨의 마음에도 변화가 생겼다. 한 번도 엄두를 내지 못한 '빚을 청산해야겠다'라

---

° 땀의 분담 : 홈오너는 자신의 집 및 이웃의 집을 짓는 일에 일정 시간(300시간) 이상 참여해야 하는데 해비타트에서는 이를 '땀의 분담(Sweat Equity)'이라고 한다. 그 시간을 통해 자신의 집에 대한 자긍심을 높이고 집을 유지하는 기술을 익히면서 해비타트 운동에 동참하는 의미를 알게 된다.

는 각오가 생긴 것이다. 그것은 이제까지 가져보지 못한 목표였고 계획이었다. 상철 씨는 자신이 대견하면서도 신기했다.

'무엇이 바뀌었을까?'

곰곰이 생각해보니 지난 몇 달간 자신에게 일어난 변화는 새로운 내 집을 갖게 된 것뿐이었다. 그것이 상철 씨의 삶에 도미노와 같은 변화를 일으켰다.

그는 완성될 자신의 집을 생각하며 내일을 기대했고, 내일을 기대하게 되니 술도 끊게 되었다. 술을 끊으니 몸과 마음이 건강해졌고 그렇게 목표를 가질 여유가 생기고 계획까지 세우게 된 것이다. 마침내 상철 씨에게는 집을 지어주러 왔던 자원봉사자들처럼 자신도 누군가의 삶의 터전을 만들기 위해 봉사하는 사람이 되고 싶다는 꿈이 생겼다.

집 짓기가 마무리되고 드디어 헌정식을 하는 날, 홈오너 가족에게 축복기도를 해주는 입주예배 등의 헌정식 자리에서 상철 씨는 자신의 가정을 축하해주기 위해 모인 한국해비타트 직원들과 자원봉사자들에게 간단한 소감을 전했다.

"처음에는 제 집을 짓는 데 열중했습니다. 제 집이니까요. 그런데 시간이 지나니 주변이 보이기 시작했습니다. 너무 많은 자원봉사자들이 있는 거예요. 거기서 큰 충격을 받았습니다. 나는 내 집을 짓는

다지만 이 많은 사람들은 왜 여기 와 있는가? 정말 궁금하더라고요. 그러다 '헌신'이란 걸 깨닫게 됐습니다. 아무 조건 없이 자기 것을 나누는 그 마음들이 너무 고마웠습니다. 저도 누군가에게 집을 지어주는 사람이 되고 싶다는 생각까지 하게 됐습니다."

2001년 강원도 태백시 장성동의 '사랑의 집'에 입주한 부부는, 수고하고 애쓴 사람들의 노력 덕분에 새집과 함께 새 삶을 선물받았다고 말했다. 열심히 살아가겠다는 상철 씨의 다짐을 그 자리에 모인 모두가 기쁜 마음으로 응원했다.

# 다시
## 선물받은
## 삶

홈오너들의 수기에서 가장 많이 등장하는 단어는 '희망'이다. 사람들은 삶이 지금보다 나아질 거라고 믿으며 희망을 갖고 살아간다. 그러나 만약 그 희망이 사라지면 삶의 의지까지 잃게 되기도 하는데, 참으로 다행인 것은 희망은 되돌아오는 길을 잘 알고 있는 것이다. 누군가가 전해준 사소한 친절, 선의가 담긴 도움을 경험했을 때, 희망은 마음속 제자리로 돌아온다.

2000년이 시작되기 전 발생한 외환위기는 많은 사람들에게서 희망을 앗아갔다. 외환위기의 영향은 대기업, 중소기업을 가리지 않았다. 멀쩡히 다니던 직장에서 쫓겨나고, 하던 사업이 망해 큰 빚을 진 사람이 즐비했다. 자신의 의지와 상관없이 사회의 밑바닥으로 내려앉게 된 가장들은 자신도, 가정도 그만 포기하고 싶었노라고 이야기했다.

우석 씨 역시 마찬가지였다. 19년 동안 다닌 직장을 떠날 수밖에 없었다. 그나마 퇴직금이라도 받은 것이 다행이었다. 우석 씨는 퇴직금으로 고향에 내려가 장사를 하기로 결정했다. 나라는 어렵지만 열심히만 하면 모든 게 나아질 거라는 막연한 기대도 있었다.

그러나 갑자기 찾아온 교통사고로 모든 계획이 수포로 돌아갔다. 소중히 간직한 퇴직금을 교통사고 합의금으로 내어주고, 건강했던 몸은 장애를 얻어 집 안에만 틀어박힌 신세가 됐다. 하지만 거기서 끝이 아니었다. 친하게 지내던 사람들이 혹여 해가 될까 그에게 보여준 낯선 뒷모습은 그의 절망에 기름을 부었다. 자신을 외면하는 사람들의 모습을 보며 그는 세상에 대한 마음의 문을 굳게 닫고 말았다.

가족들을 대하는 것조차 고통이었다. 얼마 전까지 그가 책임졌던 가족들이 자신으로 인해 어려움을 겪는 상황을 보면서, 장애인이 된 우석 씨는 죄인이 된 것만 같았다.

'이렇게 살아서 뭐 하나…. 쓰임도, 쓸모도 없는 내가 너무 싫다.'

희망이 사라진 우석 씨는 죽음을 상상했다. 모두에게 짐만 되는 이 상황을 스스로 끝내고 싶었다. 그렇게 절망에 빠져들던 어느 날,

아내가 조용히 말했다.

"자원봉사자들이 모여 집을 짓는 곳이 있다는데 구경이나 한번 가볼래요?"

우석 씨는 한사코 거부했다. 장애인인 자신이 건축 현장에 가서 무엇을 한단 말인가! 그러나 계속되는 아내의 권유에 우석 씨는 집을 나섰다.

뙤약볕 아래 하늘색 조끼를 입은 사람들이 모여 있었다. 그런데 이 상했다. 분명 어디서 본 듯한 풍경인데 뭔가가 달랐다. 한참을 들여다보던 우석 씨는 그들의 얼굴에서 건강하고 밝은 미소를 발견했다.

"여보, 여기 뭐 하는 곳이야?"

아내는 왜 이곳에 왔는지 차근차근 설명하기 시작했다. 한국해비타트라는 곳에서 어려운 사람들에게 집을 지어준다는 것, 공짜는 아니지만 20년간 무이자로 상환하기 때문에 부담이 덜하다는 것, 자신도 아이들과 함께 이곳에 와서 살고 싶다는 것…. 우석 씨는 비로소 아내가 왜 그토록 자신을 데려오고 싶어 했는지 알 수 있었다.

뚝딱! 뚝딱!

평소 같으면 시끄러웠을 망치 소리가 정답게 들렸다. 그리고 사람들의 밝은 얼굴에서 눈을 뗄 수가 없었다. 꽁꽁 얼어 있던 우석 씨의 마음에 봄볕이 비치기 시작했다.

"장애를 얻은 뒤 처음으로 사람답게 살아보고 싶다는 생각을 했어요. 나도 저 사람들처럼 웃으면서 일해보고 싶더라고요."

홀린 듯 입주 신청을 한 우석 씨는 한국해비타트 직원의 방문 인터뷰를 대비해 아내와 둘이서 모의 인터뷰를 준비했다.

"장애를 가진 몸으로 어떻게 회전기금*을 납부할 것입니까?"

"지금부터 열심히 일을 구해서 다시 시작할 생각입니다."

아내와의 모의 인터뷰는 환급방법 등 경제적인 부분에 중점을 뒀다. 그러나 정작 한국해비타트 직원들이 관심을 둔 부분은 그게 아니었다. 물론 그와 관련해서도 물어봤지만 우석 씨네 가정이 화목한지, 아이들은 잘 키우고 있는지에 대해 물었다. 가정이 화목하면 금방 일어선다는 것을 알고 있었기 때문이다. 부부가 준비했던 답변은 아니었지만 우석 씨는 질문에 편안하게 답할 수 있었다.

며칠 뒤, 홈오너로 선정됐다는 소식을 들은 우석 씨 부부는 새집에 들어가 살 생각에 눈물이 났다.

그런데 문제가 하나 있었다. '땀의 분담'을 하려면 건축 현장에 나

---

* 회전기금 : 홈오너는 집을 짓는 데 들어간 돈을 장기간 무이자로 상환한다. 이 상환금은 또 다른 집을 짓는 데 투입된다. 이렇게 해비타트의 모든 기금은 직접 또는 간접적으로 집을 짓거나 고치기 위해서 돌고 돌면서 쓰인다는 의미에서 '회전기금(Revolving fund for humanity)'이라고 부른다.

가 500시간 동안 일을 해야 했기 때문이었다(지금은 300시간이다). 일도 하는 아내가 혼자 그 긴 시간을 채울 수 있을지 걱정이 앞섰다. 이때 예상치 못한 도움의 손길이 전해졌다. 부부의 이웃, 같은 교회에 다니는 교인들이 돌아가며 우석 씨 대신 건축 현장을 찾아준 것이다. 우석 씨는 자기 대신 '땀의 분담'을 채워준 사람들을 기억하며 앞으로 살면서 갚아나가겠다고 다짐했다.

1년이 채 지나지 않았을 때, 우석 씨네 가정에 새로운 집이 생겼다. 남향이라 밝고 외풍도 없는 근사한 집이었다.

"사람답게 살 수 있도록 저희 가정을 인도해 주셔서 감사합니다. 사실 저는 사는 게 힘들어서 죽을 생각도 여러 번 했습니다. 그러나 해비타트 주택에 입주하면서 주변 분들에게 많은 위로와 용기를 얻었습니다. 열심히 살겠습니다. 그래서 제가 받은 감사를 꼭 누군가에게 돌려주겠습니다."

우석 씨는 눈물을 참으려고 했지만 참을 수 없었다. 그곳에서 흘린 눈물은 예전의 눈물과 달랐다. 삶의 절망에 빠져 흘렸던 눈물, 갑작스러운 장애 때문에 좌절하면서 흘렸던 눈물이 아니라 다시 삶을 살아가게 도와준 사람들에 대한 감사의 눈물, 그 연결고리가 되어준 한국해비타트에 대한 고마움의 눈물이었다. 우석 씨는 그 눈물을 누군가에게 선물로 돌려주리라 다짐했다.

# 땀과 눈물이
# 만든
# 감동

"어서 들어오세요!"

홈오너 꼬레오 씨는 열쇠로 현관문을 활짝 열며 자원봉사자들을 맞이했다. 그의 집으로 들어간 자원봉사자들은 꼬레오 씨의 식구들을 감싸안았다. 한 자원봉사자는 자신이 봤던 가장 멋진 광경이라며 기뻐했다.

1999년 필리핀에서 열린 'JCWP 1999' 현장을 기억하는 한국인 자원봉사자들이 전해준 이야기다. JCWP는 국제해비타트가 전 세계 70여 개국에서 진행하는 다양한 집 짓기 사업 중 가장 유명한 연례 건축 행사로서, 매해 개최지에서 5일 동안 100~200세대의 집이 완성

'JCWP 1999'의 현장 모습

된다.

　자원봉사자를 포함한 참가자들은 터 닦기만 돼 있는 현장에 도
착해 5일 동안 직접 벽을 세우고, 창문을 내고, 지붕을 얹는 전 과정
을 함께한다. 그 후 홈오너 가족에게 열쇠를 주는 헌정식까지 경험
한다. 수개월에 걸쳐 완성되는 보통 집과 다르게 단 5일 만에 집을
완성할 수 있는 것은 이처럼 특별한 공정과 수많은 도움의 손길 덕

분이다.

국제해비타트만의 특별한 국제 자원봉사 프로그램인 해외 건축 봉사(Global Village, 'GV')는 10~15명 정도로 구성된 팀이 저개발국 가에 파견되어 7~14일 정도 현지에서 집을 짓고, 교육 봉사, 문화 교류 등의 활동을 하는 것이다. 한국해비타트는 1996년에 시작해 20여 개 국가에 1만 5,000명이 넘는 자원봉사자를 파견했다. JCWP 1999 때는 200명에 가까운 대규모 자원봉사단이 참가하기도 했다.

한국의 자원봉사자들은 JCWP 등 해외 건축 봉사에 참가하기 위해 보통 4~6개월 전부터 준비한다. 국제해비타트에서 참가 접수를 받는 시기이기도 하다. 자원봉사자를 포함한 참가자들은 교통비와 생활비 등의 여비는 물론, 자신이 건축할 주택의 건축기금까지 낸다. 그래서 단체 자원봉사팀의 경우 참가비를 마련하기 위해 일일 찻집과 특별 바자회 같은 기금 마련 행사를 진행하기도 한다.

이런 행사들은 기금 마련과 함께 해비타트를 알리고 마음으로 함께해줄 것을 부탁하는 자리이기도 하기 때문에 소홀히 할 수가 없다. 기업GV, 학교GV, 교회GV 등 단체 자원봉사팀의 경우 기금 마련 행사를 통해 출발 전부터 끈끈한 동지애를 키우기도 한다. 자원봉사자들 대부분은 관련 책을 읽으며 기도로 준비하기 때문에 '모든 사람에게 안락한 집이 있는 세상'이라는 해비타트의 정신을 익힌 채

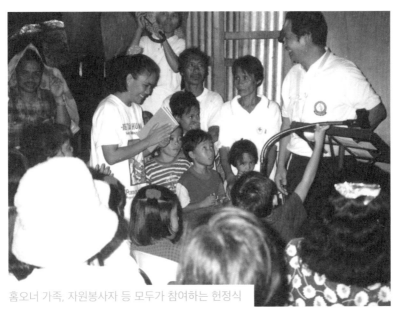

홈오너 가족, 자원봉사자 등 모두가 참여하는 헌정식

현지 학생들과 같이 문화활동을 하고 있는 자원봉사자들

현장을 찾게 된다.

현장에서의 시간은 빠르게 지나간다. 벽돌을 나르고, 시멘트를 바르고, 창을 세우고, 벽을 만들고, 문을 달고, 지붕을 덮고, 페인트를 칠하자, 밖과 안을 구분하기 어려울 만큼 흙먼지가 날리던 공간에 어느새 집이 만들어졌다. 하나의 집이 만들어지는 과정을 현장에서 직접 본 자원봉사자들은 지금까지 느껴보지 못했던 감동을 경험했다. 그렇게 하루의 일정을 끝내고 모인 자원봉사자들은 그 감동을 잊지 않고 있었다.

"집을 짓는다는 것은 힘든 노동이 아닌, 꿈을 이뤄가는 과정 같아요. 그리고 그 과정에서 이기심으로 뭉친 제 낡은 자아가 깨어지는 경험을 했습니다."

"가난한 것은 홈오너가 아니라 제 마음이었어요. 단지 집 짓는 것을 도왔을 뿐인데 너무나도 고마워하시더라고요."

"현장에서 지미 카터 전 대통령과 밀라드 풀러 총재, 그리고 많은 이들의 눈물을 보았습니다. 그 순간 내 안에 뜨거운 무언가가 올라오는 것을 느꼈습니다."

"저는 주려는 생각으로 여기에 왔어요. 그런데 와서 보니 제가 받는 게 더 많더라고요. 두 팔을 벌려 받아도 다 못 받을 만큼 큰 감동과 은혜를 받았습니다."

해외 건축 현장에서 집을 짓고 있는 GV 참가자들

해외 건축 봉사에 참여하는 자원봉사자들은 줘야 한다는 부담감을 안고 길을 떠난다. 홈오너가 큰 기대를 품고 있을지도 모른다는 생각을 하기도 한다. 그러나 봉사의 현장에 발을 내딛는 순간, 이 모든 선입견은 조용히 사라진다. 홈오너는 이미 교육을 통해 해비타트의 정신과 가치를 깊이 이해하고 있었고, 자원봉사자들에게 진심 어린 감사를 전했다. 그 순간들은 자원봉사자들의 마음속에 평생 지워지지 않을 따스한 추억으로 남았다.

건축 봉사의 하이라이트는 홈오너에게 성경책과 집 열쇠를 주는 헌정식이다. 자원봉사자들의 서명이 적힌 기념판을 홈오너가 집에 걸면 헌정식이 진행된다. 하우스 리더(주택별 건축책임자)는 기념판이 걸린 새집 앞에서 홈오너에게 열쇠를 건네준다. 그러면 홈오너가 집의 주인으로서 첫 번째로 들어간다.

자원봉사자들은 때때로 베푼 봉사보다 더 큰 무언가를 품에 안고 돌아온다. 자신의 땀과 눈물로 일궈낸 감동이 바로 그것이다. 이 보편적 진실을 깨달아 가는 자원봉사자들이 점차 늘어나면서, 2023년 한 해에만 90만 명에 가까운 자원봉사자들이 해비타트와 함께했다. 수많은 이들이 가슴에 담아간 감동의 깊이는 세상의 어떤 말로도 표현할 수 없을 것이다.

## 파도 같은
## 행복

크리스마스가 얼마 남지 않은 어느 날, 한국해비타트의 최영우 (당시) 국장은 문득 홈오너 가족들이 떠올랐다. 추운 날씨로 인해 집에 문제가 생기지는 않았는지, 잘 생활하고 있는지 마음이 쓰였다. 결국 그는 직접 확인하기로 결심하고, 한 시간 반을 달려 양주에 도착했다. 양주는 1994년 11월 의정부지회의 주도로 우리나라 최초의 해비타트 주택을 지은 곳이다. 그해 11월 준공식 이후, 세 가정이 새 집으로 이사를 마쳤다.

처음 만난 홈오너는 해비타트 주택 앞 사거리 노점에서 귤을 팔고 있었다. 최 국장은 그와 함께 노점을 정리한 후, 그의 집으로 향했다. 방 2칸에 화장실 1개인 15평의 작은 집은 아늑하고 따뜻했다. 거실 중앙에는 아이들이 책을 볼 수 있게 낮은 상이 펼쳐져 있었다.

홈오너와 최 국장은 상에 둘러앉아 이야기를 나눴다. 그는 팔고 남은 것이라며 쟁반에 귤을 수북이 내왔다. 겨울이 일찍 와서인지 귤이 제법 맛이 잘 들었다.

"제가 요즘 손님들한테 낙과(落果)라고 이야기를 합니다. 과일이 다 익었을 때 사람이 딴 게 아니라 비나 바람 때문에 먼저 떨어진 과일이라고 설명해요. 전에는 안 그랬어요. 그래서 귤이 싸다고 사가는 손님들이 많았어요. 그런데 이 집에 오고 나서는 꼭 이야기해요. '이거 낙과예요. 그래서 가격이 쌉니다.' 이렇게 말이에요. 아내도 이야기해요. 제가 변한 것 같다고요. 이 집에 온 후로 마음의 주름이 펴진 것 같아요. 그게 참 고맙습니다."

이야기를 듣던 최 국장은 목구멍 깊숙이 뜨거운 무언가가 차오르는 것을 느꼈다. 그는 손에 쥔 달콤한 귤을 입에 넣으며 그 감정을 애써 눌러 삼켰다. 말없이 귤을 다 먹은 뒤, 집에 별다른 문제가 없는 것을 확인한 그는 다음 집에 가야 한다며 자리에서 일어섰다.

다음 날, 또 다른 집을 찾아갔다. 문을 두드리자 엄마와 아이가 함께 나왔다. 아이 엄마는 추운 날 먼 길을 왔다며 따뜻한 커피를 내줬다. 아이 엄마는 함박웃음을 지으며 거실 가득 들어온 햇빛을 자랑했다.

"국장님, 보세요. 해가 여기까지 들어왔어요."

겨울바람을 뚫고 온 햇빛은 거실을 가득 메우고도 주방까지 밀려 들어와 있었다.

"제가 입주할 때 말씀드렸었죠? 둘째가 어릴 때부터 병을 달고 살았어요. 반지하에서 태어난 직후부터 모세기관지염을 앓기 시작했죠. 좀 커서는 폐렴을 몇 번 앓았고요. 그렇게 호흡기질환에 시달렸는데 이사를 오고 난 후 그게 사라졌어요. 빛도 잘 들어오고 바람도 잘 통해요. 이번 겨울이 둘째한테는 가장 따뜻한 겨울인 것 같아요."

옆에 앉아 눈을 말똥거리는 둘째 아이가 보였다. 최 국장은 목이 메어 "참 잘됐습니다."라는 짧은 말밖에 할 수 없었다. 순간 민망해진 그는 아이의 머리를 살며시 쓰다듬고 조용히 일어나 집 안 곳곳을 살폈다. 작은 문제들을 어떻게 손볼지 고민하던 끝에 "새해에 다시 오겠습니다."라는 인사를 남기고 발걸음을 돌렸다.

돌아오는 길, 최 국장은 흩날리는 눈발을 바라봤다. 퇴근 시간을 훌쩍 넘긴 탓에 도로에는 차가 가득했지만 서울 본부까지 이어진 긴 길이 그에게는 전혀 부담스럽지 않았다. 가슴속에 자리 잡은 감동이 쉽게 가시지 않았기 때문이다. 혼잣말이 절로 나왔다.

"올해는 크리스마스 선물도 필요 없겠네."

한국해비타트가 현재까지 제법 튼실하게 성장한 기관이 될 수 있던 동력은 사람이었다. 그리고 그들에게 쉼 없는 에너지를 준 것 또한 사람이었다. 눈시울을 뜨겁게 만드는 홈오너의 이야기는 집을 지으며 고생했던 순간마저 까맣게 잊게 했다.

"그날 파도처럼 찾아오는 행복을 느꼈습니다."

최 국장은 여전히 30년 전의 크리스마스를 기억한다. 그 파도 같은 행복은 오늘까지 한국해비타트 직원들에게 끝없이 밀려오고 있다.

따뜻하고 안전한 보금자리는 갑자기 찾아온 불행으로 모든 것을 다 잃은 사람들에게 새로운 인생의 출발점을 선물하기도 한다.

상훈 씨는 갑작스러운 사고로 5년 이상 식물인간 상태로 있다가 겨우 깨어났다. 상훈 씨의 어머니는 상훈 씨가 깨어난 것만으로도 기적이라며 매일 감사의 기도를 드렸다. 그러나 기쁨도 잠시, 뇌병변 장애 1급 판정을 받고 말았다.

병원에서 퇴원한 상훈 씨와 어머니를 더 힘들게 한 것은 주변의 시선이었다. 그 누구보다 건강했던 아들이 하루아침에 장애인이 된 것도 가슴 아픈데, 주변 사람들로부터 외면을 당하니 세상이 싫었다. 상훈 씨의 어머니는 끝내 주변의 시선을 피해 깊은 산속으로 들어가 컨테이너 생활을 시작했다.

컨테이너가 있는 자리에 새로 들어선 상훈 씨의 집, before & after

아들과 같이 농사를 지으며 생계를 이어갔지만 컨테이너 생활은 녹록지 않았다. 생활 공간은 달랑 컨테이너 하나뿐이었고, 화장실은 청소조차 엄두가 나지 않는 재래식으로 장애가 있는 상훈 씨가 사용하기 어려웠다. 겨울에 난방을 하려면 나무로 불을 때야 했고, 빨래는 얼음처럼 차가운 냇가에서 해야 했다. 사람을 피해 들어온 산속이었지만 주거환경이 열악하다 보니 모자의 마음에도 자꾸 생채기가 났다.

몇 년 전부터 상훈 씨를 지켜봤던 활동지원사는 한국해비타트에 지원해보자고 제안했다. 지원 서류를 작성할 때 상훈 씨의 어머니는 깊은 한숨과 함께 말했다.

"이제 악밖에 남지 않았어요."

한국해비타트 직원이 찾아갔을 때 어머니는 한 가지 소원이 있다고 말했다.

"아들이 건강하고 안전하게 살 수 있는 집이 하나 있으면 좋겠습니다. 다른 소원은 없습니다."

한국해비타트는 모자가 사는 컨테이너를 철거하고 집을 새로 짓기로 했다. 캠페인으로 마련된 모금액과 이장, 면장 등 많은 분의 도움, 그리고 한 달 동안 100여 명의 자원봉사자가 함께했다.

집을 짓기 전에 지하수 작업, 수질 검사 등을 진행한 후 정수된 지하수를 사용할 수 있게 수도를 만들었다. 집을 설계할 때는 상훈 씨가 실내에서 편하게 재활할 수 있도록 다른 집보다 거실을 크게 만들고, 문턱을 없앴다. 또한 밖에 있던 부엌과 화장실을 편하게 이용할 수 있게 안으로 옮겼다.

새로운 보금자리에 들어선 상훈 씨의 어머니는 "아이를 편하게 씻길 수 있어서 제일 행복하고 좋아요."라며 함박웃음을 지었다. 그리고 이어서 말했다.

"마음 편하게 모든 걸 힘내서 열심히 더 잘 살 겁니다. (상훈이도) 착하게 잘 키워서 같이 봉사도 많이 하고 싶어요. 매일 고맙고 감사하게 생각하면서 살겠습니다. 마음까지 편해지는 것 같아요. 힘내서 더 열심히 잘 살게요. 꼭!"

입주하는 날, 지역 관계자들과 주민들이 모여 새로운 시작을 함께 축하했고, 마을 주민들은 손수 준비한 따뜻한 식사로 응원해줬다. 한여름 태양 아래 상훈 씨의 키보다 더 크게 자라난 옥수수는 탐스럽게 여물었고, 어머니는 손수 꺾어 "고생 많으셨습니다, 고맙습니다."라는 인사와 함께 한국해비타트 직원들의 손에 건넸다. 어머니의 정성이 담긴 옥수수를 들고 산비탈을 내려오며 직원들의 마음에는 또 한 번의 파도가 밀려왔다.

상훈 씨 가정을 한국해비타트에 연결해준 활동지원사는 새롭게 지어진 집의 문 앞에 앉으면서 말했다.

"악밖에 남지 않았다고 말씀하셨었는데 세상이 차가운 곳이 아니라는 것, 세상에는 소망도 있고, 따뜻한 사람도 있다는 것을 느끼셨으면 좋겠어요. 소망을 갖고 열심히 살아주셨으면 좋겠습니다. 우리 어머니, 행복하게 행복하게 사세요."

# 도움의
# 손길이
# 찾아올 때


JCWP 2001은 우리나라뿐만 아니라 전 세계의 주목을 받았다 ('JCWP 2001'은 우리나라에서 열렸다). 이와 관련된 내용이 대입 수능시험의 외국어(영어) 영역의 한 지문으로 출제되기도 했다.

한국해비타트의 지명도는 초등학교 교과서에서도 확인할 수 있다. NGO를 다루는 단원에 국경없는의사회, 그린피스, 세이브더칠드런과 함께 소개되어 있다. 이제 학교나 기업에서는 말할 것도 없고 길거리 현수막만 보고도 "아! 집 지어주는 곳!"이라며 알아봐주는 사람이 상당하다.

하지만 지금과 같은 인지도는 결코 쉽게 얻어진 것이 아니다. 30년

**31. 다음 글에서 밑줄 친 부분 중, 어법상 틀린 것은?** [2점]

Former U.S. President Jimmy Carter, <u>who</u> promotes
①
Habitat for Humanity, has toured various countries
<u>since 1994</u>. In the summer of 2001, he <u>has visited</u>
②                                                    ③
Asan, Korea, to participate in a house-building
project. It was part of Habitat for Humanity
International's campaign <u>to build houses</u> for homeless
④
people. He worked along with volunteers for the
program, which is <u>named after him</u>—the Jimmy
⑤
Carter Work Project 2001.

'Jimmy Carter Work Project 2001(JCWP 2001)'이 나온 지문

전, 처음 삽을 들었을 때 한국사랑의집짓기운동연합회를 주목하는
사람은 거의 없었고, 그 이름조차 낯설게 여기는 사람이 대부분이었
다. 자금을 마련하는 일은 번번이 벽에 부딪혔고, 당시에는 모금을
전담하는 직원조차 없었다.

모든 직원이 집을 짓기 위한 자금이 절실하다는 것을 알았지만, 본
부 밖으로 나갈 엄두를 내지 못했다. 휴대전화도 없던 시절이었기에
언제 걸려올지 모르는 후원 전화를 기다리느라 책상 곁을 떠날 수 없
었다. 그러나 "후원하겠습니다."라는 전화를 받아본 적은 없었다.

'도대체 돈은 어디에 있을까?'

최영우 (당시) 국장은 자문했다. 그가 답을 찾아낸 곳은 '은행'이었
다.

최 국장은 지금은 찾아보기 힘든 두꺼운 백과사전 크기의 《전화번호부》에서 외국계 은행의 번호를 찾기로 했다. 기부 문화를 가지고 있는 외국계 은행이 낫겠다고 판단한 것이다. 그렇게 해서 찾은 씨티은행에 첫 전화를 걸어 사회공헌 담당자를 찾았다.

"안녕하세요, 한국사랑의집짓기운동연합회입니다. 해비타트라고 들어보셨죠?"

"한국에 해비타트가 있어요?"

전화기 너머에서 들려온 놀란 반응에 최 국장은 내심 시작이 좋다고 생각했다. 곧바로 만날 날짜를 잡자고 하자, 담당자인 상무는 은행에 올 때 회계 감사 리포트를 꼭 가져오라고 했다. 기부의 가능성을 검토하기 위해서였다.

며칠 후, 최 국장은 씨티은행 상무와의 만남에서 진지하게 후원을 요청했고, 상무는 의외로 흔쾌히 답을 내놓았다.

"저희가 사회공헌을 위해 쓸 수 있는 돈이 1억 원 있는데 금주까지 제안서를 제출하지 않으면 뉴욕 본사에 반납해야 합니다."

1억 원은 거금이었다. 최 국장은 신속히 서류를 준비해 보냈고, 일주일 내내 간절히 기도했다.

- 따르릉!

드디어 기다리던 전화가 울렸다. 뉴욕 본사에서 1억 원을 집행해도 좋다는 허가가 떨어졌다는 소식이었다. 상무는 전 세계에 진출한 자사 해외 법인 중에서 해비타트에 후원금을 보낸 첫 번째 사례가 됐다고 자랑까지 했다. 최 국장은 전화기를 내려놓고 감사의 기도를 드렸다.

"2천만 원만 마련하게 해달라고 기도했는데 5배나 주셔서 감사합니다."

두드리면 반드시 열린다는 응답이 들리는 것만 같았다. 이 일은 한국사랑의집짓기운동연합회에 큰 자신감을 안겨줬다.

얼마 후, 또다시 뜻밖의 전화가 걸려왔다. "집 한 채 짓는 데 얼마나 합니까?", "당신들 예산은 얼마나 됩니까?" 등 짧은 질문이 전부였다. 궁금함을 참을 수 없던 최 국장이 발신자 추적 끝에 알아낸 곳은 국내 굴지의 공공기업이었다.

'분명히 뜻이 있어서 전화했을 텐데….'

최 국장은 이번에도 적극적으로 문을 두드려 보기로 했다.

먼저 해당 공공기업에 전화를 걸어 공개 프레젠테이션을 하고 싶다고 제안했다. 사회공헌 담당 부장은 알겠다며 특별한 조건 없이 날짜를 잡아줬다. 그렇게 임원들 앞에서 한국해비타트 사업에 대한 프레젠테이션을 진행한 최 국장은 며칠을 조용히 기다렸다.

"전략심의과정에서 최종적으로 우선순위에서 밀렸습니다."

아쉬운 소식이 전해졌다. 그러나 포기하지 않은 최 국장은 우선 순위에서 밀린 이유를 물었고, 한 임원이 반대 의견을 내놓았다는 것을 알게 됐다.

'조직의 뜻이 아니라 한 개인의 뜻이라고?'

쉽게 포기되지 않는 대목이었다. 최 국장은 앞날을 기약하며 그대로 물러날 것인지, 한 번 더 설득할 것인지 고민했다.

'다시 설득해 보자.'

최 국장은 당시 한국해비타트 운영위원 중 한 위원과 함께 그 임원을 찾아갔다. 임원은 민간에서 집을 짓는다는 게 믿어지지 않아서 반대했는데 최 국장이 직접 사업의 진정성을 설명하자 생각을 바꾸고 흔쾌히 지원을 약속했다. 이 지원금은 진주, 태백 등 한국해비타트가 주택 부지를 마련하는 데 큰 힘이 됐다.

그에게는 소중한 기억이 또 하나 있다. 그것은 '집에 대한 전문성을 갖춘 봉사자'를 찾는 일이었다.

해비타트에서 추구하는 집은 '소박하고 안락한 집'이다. 미국에서 시작된 해비타트는 판잣집을 대체할 수 있는 편안하고 안락하면서도 소박한 집을 짓는 것을 목표로 했다. 그래서 화려하고 세련된 집은 아예 관심조차 두지 않았다.

사실 해비타트가 진출한 국가 대부분에서는 (국제해비타트의 표준

외국의 해비타트 건축 현장. 거의 대부분 목조주택으로 짓는다.

주택인) 목조주택으로 짓는 것이 가능했다. 바닥 난방을 위해 시멘트와 철근이 필요한 집은 구상하거나 지어본 적이 거의 없었다.

그런데 우리나라의 집은 목조주택과는 거리가 멀다. 난방공사를 꼭 해야 하고, 사계절을 잘 견딜 수 있게 튼튼하게 지어야 한다. 시멘트, 철근이 기본적으로 들어가야 하므로 목조만 고집해서는 완벽한 집을 지을 수 없다. 그래서 우리나라의 주택 건축은 누가 봐도 '전문가'의 영역이었다.

한국해비타트는 이 부분에 대해 깊이 고민했다. 주거 취약계층을 위한 집이지만 질이 떨어져서는 절대로 안 됐다. 또한 다양한 사람을 대상으로 전국에서 지어지기 때문에 더더욱 전문가가 있어야 했다. 해비타트 정신에도 맞아야 하므로 봉사의 자세까지 갖춰야 했다. 집 짓기의 제일 기본단계인 설계에서부터 이에 맞는 전문가를 찾기로 결정했다.

최 국장은 먼저 건축사사무소를 알아봤다. 수많은 건축사사무소를 방문하면서 해비타트 정신을 실천해줄 봉사자들을 물색했다. 그때 눈에 들어온 곳이 '(주)정림건축종합건축사사무소(이하 '정림건축')'였다.

1967년에 문을 연 정림건축은 인천국제공항, 상암월드컵경기장, 국립박물관 등을 설계한, 우리나라를 대표하는 건축회사 중 한 곳이다. 최 국장은 정림건축에 연락해 한국해비타트의 정신을 소개하며 도움을 요청했다. 독실한 기독교 신자이면서 어려운 이웃에게 남다른 긍휼함을 갖고 있었던 김정철, 김정식 전 대표는 해비타트의 정신과 실천 사업에 깊이 공감했다. 정림건축에서 도울 수 있는 일이라면 무엇이든 적극적으로 돕겠다는 약속도 해줬다.

곧이어 최 국장에게 기적 같은 일이 한 번 더 일어났다. JCWP 2001이 진행되면서 한국해비타트만을 위한 표준주택 도면이 필요

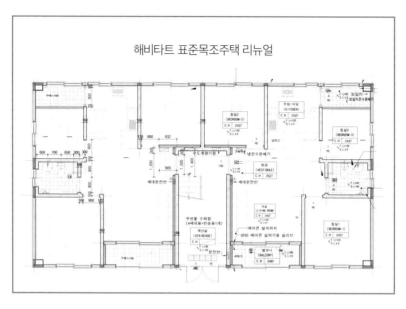

해비타트 표준목조주택 리뉴얼

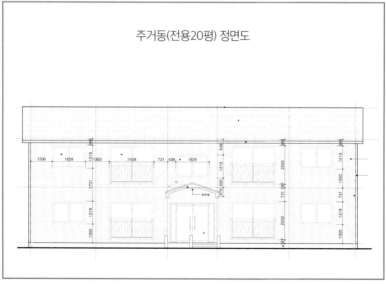

주거동(전용20평) 정면도

정림건축은 한국해비타트의 표준주택 도면을 꾸준히 리뉴얼해주었다.

했는데, 정림건축에서 100세대 이상 살 수 있는 표준주택의 도면을 완성하기 위해 20여 명의 직원을 배정해준 것이다.

당시 내부에서는 "15평짜리 작은 집의 도면을 그리는데 뭐 그리 많은 전문가가 달라붙는가?"라는 이야기도 있었지만, 정림건축에서 한국해비타트 업무를 전담했던 담당 건축사의 생각은 달랐다.

"15평이라는 작은 공간을 실용적으로 사용하려면 더 많은 아이디어가 필요합니다."

프로젝트 하나에 20명이 넘게 일한 것은 당시 국립중앙박물관 설계 이후로 처음이었다. 눈과 손뿐만 아니라 사랑의 마음과 건축가의 따뜻한 가슴으로 설계해야 한다고 믿으며, 이들은 실제로 단순하고 실용적이면서 튼튼한 집을 구현하고자 도면을 수백 번 수정했다.

6개월의 노고 끝에 프로토타입(Prototype : 시제품)이 완성됐다. 비용을 절약하기 위해, 하자를 최소화하기 위해, 공정을 단순화하기 위해 외곽 라인을 사각형 모양으로 잡은 게 포인트였다. 그렇게 방 2개와 화장실 1개, 거실과 주방으로 이뤄진 소박하고 안락한 한국해비타트만의 표준주택 도면이 완성됐다.

'하늘은 스스로 돕는 자를 돕는다.'라는 말이 있다. 한국해비타트 직원들은 그 진리를 몸소 실천해왔다. 감나무 아래에서 감이 떨어질

때를 기다리지 않고, 후원금을 마련하고, 전문가 봉사자를 찾기 위해 직접 두드렸다. 그 덕분에 필요한 모든 것이 자연스럽게 제자리를 찾아가듯 성사되는 순간들을 경험했다. 그저 감사하고 감사할 따름이다.

# 홈오너의
# 이어달리기

집이 없는 사람에게 집을 지어주는 NGO는 해비타트만이 아니다. 밀라드 풀러가 해비타트를 창립한 1976년에도 주거문제를 해결하고자 많은 NGO에서 사업을 펼치고 있었다. 당시만 해도 전 세계 인구의 4분의 1이 안락한 집에서 살지 못했으므로 도움의 손길은 더욱 절실했다.

수십 년이 흐른 지금, 많은 주거복지 NGO 중에서도 해비타트는 높은 지명도를 자랑하며 70여 개국에서 활동하고 있다. 그 원동력은 바로 두 가지 모토(Motto)인 '회전기금'과 '땀의 분담'이다. 창립 이후 지금까지 전 세계적으로 지켜온 해비타트의 약속이기도 하다.

밀라드 풀러가 이 모토를 정립한 배경에는 확고한 철학이 있었다. 해비타트 창립 전에 이미 '파트너십 주택(Partnership Housing)'이라는 개념을 제안했는데, 이는 집을 갖지 못한 사람들이 자원봉사자들과 함께 집을 짓는 구조를 말한다. 이 개념은 두 가지 핵심 원칙을 지니고 있다.

첫째, 파트너십 주택은 이윤을 남기지 않는다. 집을 구입할 때 발생하는 대출금에 대한 이자가 붙지 않으며 건축 비용은 '인류를 위한 기금(The Fund for Humanity)'이라는 '회전기금(Revolving Fund)'에서 충당한다. 이 기금은 홈오너의 주택 지불금, 후원자가 제공하는 기금 등으로 마련된다.

둘째, 입주하는 가정은 '파트너'로서 공정하고 정중한 대우를 받는다. 이를 위해 '땀의 분담'을 이행한다. 입주 전에 일정 시간의 자원봉사를 통해 주택 소유자로 자격을 갖춘다. '땀의 분담'은 초기에 500시간이었으나 현재는 300시간으로 줄었으며, 친척과 친구들이 같이 분담해 줄 수 있다.

해비타트에서 '회전기금'과 '땀의 분담'은 '홈오너의 이어달리기'로 표현된다. 자원봉사자의 땀과 후원자의 기부로 홈오너가 탄생되면, 이후 홈오너가 내는 상환금과 300시간의 봉사는 '회전기금'과 '땀의 분담'이라는 이름으로 또 다른 홈오너를 탄생시키는 씨앗이 된다. 한 가정에서 다른 가정으로 이어지는 이어달리기를 통해 주거문제를 겪는 이웃들의 수가 점차 줄어들게 되는 것이다.

이 두 가지 원칙은 홈오너 가족에게도 매우 긍정적인 영향을 준다. 홈오너가 자신의 힘으로 집을 마련한다는 자긍심을 가질 수 있기 때문이다. 홈오너는 주택 원가의 20% 정도만 초기 납부금으로 내고, 나머지 금액은 무이자로 20년에 걸쳐 상환할 수 있다. 해비타트는 20년이라는 시간 동안 저소득 가정이 집이라는 삶의 기반을 통해 가난의 굴레에서 벗어나 자립할 수 있기를 기대하고 있다.

사실 '300시간'은 짧지 않다. 하루 8시간씩 참여한다 해도 38일 정도, 주 5일 현장이라면 두 달 가까이 소요된다. 그러나 많은 홈오너가 이 시간을 통해 자신의 집에 대한 애착과 책임감을 얻었다고 말한다.

이러한 노동은 홈오너 가족에게 삶에 대한 의지를 높일 뿐만 아니라 자신이 단순히 나눔의 수혜자가 아닌 주체적인 존재라는 인식을 갖게 한다. 건축 현장에서 직접 청소하고 자재를 나르며 때로는 공사에 참여해 집이 지어지는 과정을 함께하는 것은 그들에게 커다란 기쁨을 선사한다.

"못 하나부터 전구, 창 등 어느 것 하나 저의 손길이 안 닿는 곳이 없더라고요. 내가 흘린 땀으로 내 집에서 살 수 있다는 사실에 감사하고, 좀 더 소중하게 느끼는 값진 시간이었어요."

'땀의 분담'은 가족이나 친척, 이웃들도 참여해 도움을 줄 수 있다. 현장에 있으면 처음 보는 홈오너를 위해 '땀의 분담'에 기꺼이 동참하는 사람들의 모습을 종종 보게 된다.

지방의 한 현장에서 홈오너에게 불의의 사고가 생겨 100시간 정도 '땀의 분담'을 채우지 못하는 상황이 벌어진 적이 있었다. 그러자 소식을 들은 이웃의 홈오너들이 선뜻 나서서 그 시간을 채워줬다. 입주하는 날, 사고를 겪었던 홈오너는 말했다.

"이웃 덕분에 입주 전부터 감동을 받았습니다. 삶을 바꾸는 소중한 경험이었습니다."

해비타트에는 'Love in Action, Action in Love(행동하는 사랑)'라는 슬로건이 있다. 사랑은 단순히 마음속에 머무는 것이 아니라 행동으로 옮겨지고 전해져야 한다는 의미다. 30년 동안 홈오너, 후원자, 자원봉사자, 이 '세 파트너'가 직접 땀을 흘리며 '모든 사람에게 안락한 집이 있는 세상'이라는 비전을 이뤘고, 앞으로도 이뤄갈 것이다.

'집은 사람을 담는 그릇이다.'라는 말이 있다. 집은 삶에 안정을 제공하고 자립심을 키워주는 소중한 보금자리다. 그래서 오늘도 해비타트의 이어달리기는 계속되고 있다.

2장

# 함께
# 짓는
# **집**

집은 많은 이들의 수고와 노력으로 지어진다.
한국해비타트에서 짓는 집에는 홈오너가 함께한
수백 시간의 '땀의 분담', 수많은 자원봉사자의 봉사와 헌신,
그리고 후원자들이 보내준 지지와 기금이 담겨 있다.
이렇게 지어진 한국해비타트의 집에는 어떤 이야기들이 담겨 있을까?

# 마을
# 밖
# 성자

한국해비타트의 초기 지향점은 '풀뿌리 운동'으로서, 각 지역에 '지회'를 설립해 지역 상황에 맞는 사업을 펼치는 것이었다. 미국에 있는 국제해비타트 본부 역시 주마다 지회를 두어 단순히 집을 짓는 것을 넘어 마을과 공동체를 세우려는 목표를 이루고자 꾸준히 노력하고 있다.

지회는 어려운 가정에 집을 제공하는 것을 비롯해 지역의 다양한 문제 해결에 힘써왔다. 그 중심에는 지역에서 목회 활동을 하는 목사님들이 있었다. 1990년대만 해도 한국사랑의집짓기운동연합회(한국해비타트 창립 당시 명칭)는 이름도 생소한 시민단체였기 때문에, 재정과 사역을 책임질 '리더십(한국해비타트에서 본부장 이상의 내부 직책자를 부를 때 쓰는 용어)'을 찾기 어려워 결국 종교계에 도움을 요청했다. 다행히도 목사님들은 이 일에 적극적으로 나서주었다.

목사님들은 어려운 이웃을 위해 집 짓는 일을 하나님의 사역으로 여기며 교회 건축도 뒤로 하고 해비타트 주택을 짓는 데 힘썼다. 홈 오너와도 끈끈한 유대감을 나누며 그들의 삶을 지속적으로 돌봤고, 아이들이 안전한 환경에서 교육받기를 바라는 마음으로 수익이 나지 않는 공부방을 운영하기도 했다. 목사님들의 헌신 덕분에 한국해비타트는 지역 사회에 뿌리내리며 지금까지 지역 주민들과 함께 어울려 살아가는 공동체를 이뤄오고 있다.

1993년 최초로 의정부지회가 설립된 후 태백, 진주, 대구·경북 등 순으로 16개 지회가 설립됐다(현재는 9개 지회로 재편됐다). 이 중에서 가장 설립하기 어려웠던 곳은 서울지회였다. 서울은 인구수가 많은 만큼 안락한 집에 대한 수요가 어느 지역보다 높았으나, 비싼 땅값 탓에 토지 매입부터 어려웠기 때문이다. 주택 건축이 어려운 상황이다 보니 지회 설립도 속도를 낼 수 없었다.

그러던 중 1999년, 반가운 소식이 들려왔다. 우연히 해비타트 운동을 알게 된 한 토지 소유주가 자신의 땅을 적당한 가격에 팔겠다고 먼저 연락해온 것이다. 한국해비타트는 마침내 서울에서도 해비타트 주택을 지을 수 있게 됐다며 크게 기뻐했다. 그리고 서울지회 설립부터 건축 진행, 후원사 모집 등 관련 업무를 차근차근 진행해 나갔다. 그런데 얼마 되지 않아 예상치 못한 비보가 날아들고 말았다. 돌연 토지 소유주가 마음을 바꿔 팔기로 한 땅을 이미 다른 사람에게 비싼 값에 팔았다는 것이다.

난처해진 한국해비타트는 해비타트 주택 건축이 가능한 다른 땅을 알아보기 시작했다. 공인중개사사무소를 돌던 어느 날, 종로구 창신동 언덕 위에 다가구주택을 지으려던 조영옥 씨를 만나게 됐다.

조영옥 씨는 이미 설계도면과 건축 허가까지 받아놓은 상태였다. 한국해비타트 직원이 해비타트 정신과 주택 건설의 취지를 설명하자, 독실한 기독교 신자였던 그는 하루만 고민할 시간을 달라고 했다. 그리고 다음 날, 한국해비타트는 조영옥 씨로부터 땅을 팔겠다는 기쁜 소식을 들을 수 있었다.

며칠 뒤 매매계약서를 쓰던 공인중개사는 조영옥 씨가 제시한 금액을 보고 깜짝 놀랐다. 몇 년 전 매입 금액에 세금만 더한 가격이었기 때문이다. 매일같이 땅값이 오르던 당시, 아무런 수익을 남기지 않은 채 한국해비타트에 땅을 넘겨준 것이다.

그는 미련 없이 계약서에 도장을 찍었고, 이를 본 한국해비타트 직원들은 감사의 기도를 올렸다. 자신의 일이 아님에도 도움을 준

'마을 밖 성자(聖者)'를 만난 듯한 순간이었다.

조영옥 씨의 도움으로 서울 종로구 창신동에 마련된 부지는 동대문 일대가 내려다보이는 언덕 위의 전망 좋은 곳으로, 뒤편으로는 서울 성곽과 녹지대가 펼쳐져 홈오너들이 생활하기에 더없이 좋은 환경이었다.

토지 매입 후 한국해비타트는 건축 현장소장을 채용하기로 했다. 그러나 적합한 전문 인력을 찾기 어려웠다. 그때 토지 소유주였던 조영옥 씨가 건축 관련 경력을 갖고 있다는 사실을 알게 된 고왕인 (당시) 실행위원장은 그에게 현장소장직을 제안했다. 뜻밖의 제안에 그는 "땅을 매각하고 공사까지 맡게 될 줄이야…."라며 마치 하나님의 인도하심 같았다고 회상했다.

서울 지역의 첫 건축은 힘 있게 시작점을 통과했다. 8월 19일, 이날은 5세대가 입주하게 될 서울지회의 첫 해비타트 주택의 삽을 뜨던 날이었다. 말복 즈음의 더위가 기승을 부렸지만 현장에 있는 사람들 중 그 누구도 지치지 않았다.

사실 공사 진행이 처음부터 순조로웠던 것은 아니다. 예상보다 속도가 더뎌 건축 현장을 지켜보던 해비타트 직원들과 현장소장은 집이 제때 지어질 수 있을지 걱정했다. 게다가 주민들의 반응도 문제였다. 이름 모를 단체에서 땅을 사 집을 짓는다고 하니 경계하는 눈치였다. 자원봉사자들을 보고는 일면식도 없는 사람들이 우르르 몰려다닌다며 이상하게 생각했다. 해비타트 주택을 혐오 시설로 오해한 일부 주민은 현장소장인 조영옥 씨를 찾아와 집단 민원을 제기하겠다며 으름장을 놓기도 했다.

조영옥 씨가 직접 주민들을 찾아다니며 해비타트의 취지와 자원봉사자의 참여에 대해 설명하자, 이를 들은 주민들의 감정이 차츰 누그러졌다.

"못 주머니를 지고 망치질을 하던 여학생들, 40킬로그램이나 되는 시멘트를 어깨에 메고 나르는 회사 중역들, 그리고 입주 예정자들이 땀 흘리는 모습을 보니 제 마음도 넉넉해졌습니다. 그분들의 마음과 땀이 모여 건물이 완성되는 것을 보는 것이 제게는 큰 도전이었습니다."

시간이 흐르면서 비협조적이었던 주민들마저 자원봉사자들과 함께 집을 짓고 싶다며 현장에 찾아오기 시작했다. 특히 건축일을 하는 주민들은 휴일마다 자원봉사자들과 함께 공사에 참여했고, 한 주민은 야간작업할 때 필요할 거라며 백열등을 가져와 설치해주기도 했다. 조영옥 씨는 이 과정에서 느낀 감동이 힘든 시간을 헤쳐나가는 원동력이 됐다고 말했다.

홈오너 선정은 엄격한 서류 심사와 가정 방문을 거쳐 이뤄졌다.

입주 신청을 한 32세대 중 5세대가 선정됐다. 선정 가정들은 '땀의 분담'을 완수하겠다는 서약을 했다. 처음에는 부담스러워하던 가정도 자원봉사자들과 어울리면서 점차 현장의 즐거움을 알게 되었고, 어떤 가정은 500시간을 훌쩍 넘겨 다른 가정에 시간을 나눠주기도 했다.

서울지회 설립 전인 1999년, 우여곡절 끝에 서울에서의 첫 번째 건축이 마무리됐다.\* 헌정식은 그해 12월 24일에 치러졌다. 예수님의 탄생을 준비하는 뜻깊은 날, 다섯 가정이 새로운 보금자리를 마련하게 됐다. 한국해비타트 직원들과 조영옥 씨는 그 감격의 순간을 함께할 수 있음에 감사했다.

---

\* 서울지회의 설립 연도는 2001년이다.

# 가슴으로
# 알게
# 된다

 

 

 

 

 

 

 

 

 

 

 

 

 

 

필리핀에는 해비타트의 국가본부격인 필리핀해비타트뿐만 아니라 아시아·태평양지역의 본부가 설치되어 있어 다양한 건축 지원 프로젝트가 진행되고 있다. 아시아 최초로 세계에서 모인 자원봉사자들이 단기간에 집을 짓는 JCWP가 개최되기도 했다. 필리핀은 초창기 한국사랑의집짓기운동연합회 리더십이 해비타트 운동을 배우고 경험하기에 안성맞춤인 나라였다. 그래서 실제로 많은 리더십과 자원봉사자들이 필리핀에서 건축 현장을 체험하며 해비타트의 진정한 가치를 배웠다.

한국사랑의집짓기운동연합회는 중앙에 본부를 두고 지역마다 설립된 지회를 중심으로 해비타트 운동을 펼치는 '연합회' 형식으로 출발했다. 그런데 지회 설립은 예상보다 순조롭지 않았다. 헌신이 필요한 일에 선뜻 나설 사람이 많지 않았던 것이다. 창립 멤버였던 고왕인 박사는 지역의 목사님들에게 지회 설립을 도와달라고 부탁했지만, 해비타트 운동에 대한 이해가 부족했던 탓에 이를 확산하기 어려웠다.

중앙 본부는 지역 사회 동역자들을 찾고 그들에게 해비타트 운동이 가정을 살리고 마을을 세워서 사회를 변화시키는 것인 동시에, 빈곤을 퇴치하고 재난 피해자들을 돕는 사회 변혁의 힘이 될 수 있음을 알리려고 노력했다. 그중 하나의 방법으로 지회 설립을 이끌 동역자들이 이 같은 가치를 체험해볼 수 있도록, 필리핀해비타트 현장에 그들을 파견했다.

1993년 한국해비타트 최초로 결성된 의정부지회는 한국사랑의집 짓기운동연합회 창립 전인 1994년에 첫 해외 자원봉사단을 필리핀으로 파견했다[전국 차원의 조직 결성 전에 의정부에 먼저 지회(당시에는 '지부')가 결성됐다]. 이들은 필리핀에서 성공한 해비타트 운동이 우리나라에서도 성공할 수 있겠다는 확신을 갖고 돌아왔다. 이후 한국해비타트 본부는 1998년 한 해만 제외하고 1999년까지 매해 필리핀에 자원봉사단을 파견했다. 1996년에는 필리핀 바콜로드에서 첫 해외 건축 봉사(GV) 프로그램을 실시해 5세대를 건축했는데, 자원봉사자 중에는 진주지회 설립을 준비하던 리더십도 있었다.

1999년에는 JCWP가 개최된 필리핀에 약 200명의 자원봉사자들이 참여했다. 시간이 흐를수록 리더십뿐 아니라 교회 신도, 대학생 등의 참여가 많아졌다. 그들이 경험한 '체험 해비타트 현장'은 언제나 '매우 만족'이었다.

자원봉사자들은 그날그날의 경험과 개인적 소감을 빼놓지 않고 기록으로 남겼다.

> 필리핀 사람들은 해비타트 사업에 대한 열의가 대단했고 정부의 관심도 지대했습니다. 매시간 건축 현장에 들어오고 나가는 자재를 점검하는 일부터 일꾼과 자원봉사자 수를 헤아리는 것까지 꼼꼼히 했는데, 주어진 기회와 자원을 최대한 활용하는 모습이 인상적이었습니다.

> 가난한 아이들이 자신의 집을 갖고 나서부터 밤에 꿈을 꾸기 시작했다는 이야기를 들었습니다. 그때 '아! 집이 없는 아이들은 꿈도 꿀 수 없었구나.' 하는 충격과 함께 아이들이 집을 가짐으로써 삶의 희망과 꿈이 살아났다는 것을 알게 됐습니다.

실제 해비타트 건축 현장에서 봉사를 한 리더십과 자원봉사자들은 이 일의 가치와 의미, 그리고 집이 필요한 홈오너 가족들의 진지한 태도에 깊이 매료됐다. 홈오너는 자신에게 집이 생긴다는 사실에 그 누구보다 열심히 건축 일에 참여했다. 우리나라에도 이러한 경험을 할 수 있는 해비타트 건축 현장이 많이 만들어져야 한다는 데 모두가 공감했다.

많은 자원봉사자가 파견되다 보니 필리핀에서의 에피소드도 많이 전해졌다. 필리핀 홈오너들과의 교류, 건축 현장에서 느낀 감동, 자원봉사자들이 겪은 경험들이 주요 내용이었다. 그중에서 '예수님을 만난 청년' 이야기는 오래도록 회자됐다.

1997년 1월, 신앙생활에 회의를 느끼던 한 청년이 필리핀 건축 현장을 찾았다. 스스로 "믿음이 깊지 못하다."라고 고백할 정도로 신앙생활을 소홀히 해온 그는 마음 한구석에 죄책감을 가지고 있었다. 교회에서 전도사로 시무하시는 어머니에게 죄송한 마음이 들었지만, 마음과 달리 몸은 교회와 점점 더 멀어져갔다.

친구들의 제안으로 필리핀의 해비타트 건축 현장에 참여한 그 청년은 일주일 내내 다른 고민을 할 새 없이 몸을 움직였다. 그러면서 어느새 마음을 가득 채웠던 회의감이 사라졌다.

필리핀 아이들과도 날이 갈수록 정이 들었다. 처음에는 낯설고

극성스러워 보였는데 건축 현장을 따라다니며 손짓, 발짓으로 말을 거는 아이들이 점점 좋아졌다.

송별회가 있던 마지막 날, 그 청년은 홈오너 가족들과 웃고 떠들며 그동안의 일들을 되새기다가 늦은 밤 숙소로 돌아가고 있었다. 그때 동행하던 10살짜리 교회 동생이 말했다.

"삼촌! 하늘에 있는 구름이 사람 형상을 하고 웃고 있어."

청년은 고개를 들어 하늘을 바라봤다. 동생의 말대로 마치 예수님의 형상 같은 구름이 환하게 웃고 있었다.

사춘기 때부터 어머니와 갈등을 겪으며 자라기 시작한 불신의 싹, 마음 한편에 가득한 죄책감이 만들어낸 알 수 없는 상흔들은 예수님이 자신에게 화가 났을 거라는 생각으로 이어졌다. 그런데 필리핀에서 예수님의 형상을 한 구름을 보며 그 청년은 예수님이 자신을 늘 사랑하고 계셨음을 깨닫게 되었다. 그렇게 청년은 자신과 화해하고, 교회로 돌아갈 용기를 얻었다.

또 이런 일도 있었다. 1999년에 필리핀을 찾은 자원봉사자들은 건축 현장에서 '임'이라는 이름의 필리핀 어린이를 만나게 됐다. '임'이라는 이름은 필리핀에서 잘 쓰지 않는 특이한 이름이었다.

"임은 제 아이입니다. 저는 2년 전 한국해비타트 자원봉사단이 지은 집에서 살고 있어요. 그때 건설팀 리더로 오신 분의 성이 '임'이었습니다. 감사한 마음을 잊지 않기 위해 그의 성을 따서 아이의 이름을 지었습니다."

이야기를 들은 자원봉사자들은 임이 훌륭한 사람으로 성장하도록 기쁜 마음으로 함께 기도했다.

필리핀의 또 다른 홈오너는 가능성이 없던 자신에게 안락한 집이 생긴 사실에 감사해 해비타트 건축 현장에서 1년 동안 자원봉사를 하기도 했다.

"저는 사탕수수 농장의 노동자였습니다. 사탕수수 농장이 망하고 난 후에 바콜로드의 슬럼가에 살면서 목수로 일했습니다. 열심히 일했고 전문 목수가 되기도 했지만 집을 가질 수 있다는 희망은 없었습니다. 그런데 한국해비타트와 한국의 자원봉사자들 덕분에 집을 갖게 됐습니다. 인생에서 1년을 해비타트를 위해 바치는 것은 내가 받은 축복에 비하면 아무것도 아닙니다."

그는 말뿐만 아니라 몸으로도 감사를 표현하고 싶었다. 당시 '땀의 분담'은 500시간이었지만, 그는 2,000시간 가까이 해비타트 건축 현장을 지켰다. 그의 부인 역시 자원봉사자들을 위한 식사 준비로 500시간 이상을 현장에서 보냈다.

이 홈오너 부부는 이웃을 위해서도 헌신했다. 함께 입주한 옆집이 딸아이의 병원비 때문에 매달 상환해야 하는 회전기금을 내지 못하자, 한 달 치 상환금을 대신 내주기도 했다.

　이처럼 홈오너가 변화되는 모습을 보면서 한국해비타트 직원들, 자원봉사자들은 해비타트 운동의 의미를 또 한번 가슴으로 배웠다.

# 집으로
# 영호남이
# 화합하다

해비타트의 '번개건축(Blitz Build : 'Blitz'는 '번개'를 뜻하는 독일어)'은 전 세계에서 온 자원봉사자가 한 장소에 모여 1주일 정도의 짧은 기간 동안 집중해서 아주 빠르게 공사를 진행하는 초단기 건축 프로젝트이다.

한국해비타트도 2002년부터 '한국번개건축(KBB : Korea Blitz Build)'이라는 이름으로 지금까지 진행하고 있다(2020~2023년에는 코로나로 중단했다가 2024년에 재개했다).

한국번개건축은 2000년 여름, 전남 광양에 32세대를 짓는 '평화를 여는 마을'과 2001년에 개최한 'JCWP 2001'의 경험이 토대가 됐다. 이 중에서 '평화를 여는 마을(Miracle Across the River : 강을 가로질러 일으킨 기적)'이 한국번개건축의 출발점이라고 할 수 있다.

영남과 호남의 접경지인 섬진강 변의 전남 광양에서 진행된 '평화를 여는 마을' 프로젝트에는 영호남 동서화합의 염원이 담겨 있다. 그래서 총 32세대 중 영남에서 16세대, 호남에서 16세대를 선정하기로 했다. 또한 이듬해에 열릴 JCWP 2001이라는 대규모 건축 프로젝트를 성공적으로 마무리하기 위한 실전 경험을 쌓고자 했다.

'평화를 여는 마을' 프로젝트는 한국해비타트에게 큰 도전이었다. 이전까지 한국해비타트의 사업들은 각 지회에서 소규모로 진행됐고, 많아야 5세대 내외였다. 그에 비해 이번 프로젝트는 한 번에 32세대와 마을회관 두 동을 지어야 했다. 마을회관의 필요성에 대한 논의도 있었지만 공동체 활성화와 유대감을 위해 필요한 시설이라는 데 의견이 모였고, 이후부터는 20세대 이상 건축 시 마을회관 한 동 건립이 원칙이 됐다.

큰 부지, 넓은 건축 면적으로 인해 사업에 대한 우려의 목소리도 있었지만, 한국해비타트 직원들은 '시작이 반이다.'라는 긍정적인 생각으로 프로젝트를 추진하기로 결정했다.

먼저 기업 후원을 끌어내기 위해 많은 노력을 기울였다. 직원들은 이리 뛰고 저리 뛰며 부지 마련, 토목공사, 설계 및 감리 등을 후원해

'평화를 여는 마을' 전경

줄 기업을 찾아다녔다. 그런데 당시만 해도 이러한 프로젝트가 흔치 않고, 기업 측에서도 대규모 건축 봉사를 지원한 선례가 없다 보니 후원해달라고 설득하는 일은 쉽지 않았다. 그러나 직원들은 이런 어려움들을 노력과 열정으로 극복하며 건축비, 자재 등에 걸쳐 다양한 지원과 후원을 끌어냈다.

특히 토지비 마련이 가장 중요했는데, 한국해비타트 담당자가 후원기업에게 프로젝트의 이름을 직접 정하도록 제안하여 후원기업들의 마음을 사로잡았다. 그렇게 후원하게 된 기업의 사내 공모전을 거쳐 '평화를 여는 마을'이라는 이름이 탄생했다. 영남과 호남이 어우러지는 섬진강 변에서 이뤄지는 프로젝트에 안성맞춤인 이 이름은, 한국해비타트와 후원기업 모두를 만족시켰다.

부지 확정 이후 2000년 2월부터 입주 신청을 받기 시작하여 4월에 홈오너 선정이 진행됐다. 선정팀은 신청 가정들을 일일이 방문해 인터뷰를 진행하면서 그들의 이야기를 직접 듣는 소중한 시간을 가졌다.

홈오너를 선정하는 팀이 인터뷰 및 심사를 하는 동안 건축팀은 기초공사를 시작했다. 8월 초까지 골조 공사를 마무리하고, 자원봉사자들이 지붕과 내외장 마감 작업을 한다는 계획이었다. 그러나 진행은 순조롭지 못했다.

기초공사가 자원봉사자들이 도착하기 바로 하루 전에 끝나는 바람에 자원봉사자들이 순조롭게 일할 수 있도록 건축 자재를 미리 분배해 놓을 수 없었다. 이뿐만이 아니었다. 준비된 숙소가 부족하고, 전기와 물 공급이 원활하지 않아 소방차로 물을 받아야만 했다.

하지만 현장에 모인 1,350여 명의 자원봉사자는 '5일, 우리는 해낼 수 있습니다!'라는 현수막을 보며 뜨거운 태양 아래에서 최선을 다

뜨거운 태양 아래에서도 웃음을 잃지 않은 자원봉사자들

했다. 그들의 헌신 덕분에 5일 만에 목표를 달성했고 현수막의 글은 '5일, 우리는 해냈습니다!'로 바뀌었다.

이 프로젝트는 국내외의 관심을 한 몸에 받았다. 해비타트 아시아·태평양지역본부 부총재와 지미 카터 전 미국 대통령이 파견한 전문가들이 건축 현장에 동참해줬다. 또한 JCWP 2001의 성공을 기원하며 '평화를 여는 마을'의 완공을 응원했다. 국내에서도 많은 사람이 지지를 보냈으며, 김대중 당시 대통령의 부인인 이희호 여사가 한국해비타트 명예 이사장으로서 현장을 찾아 격려했다.

"평화를 여는 마을의 건설은 우리 모두가 하나의 가족이요, 한민족 공동체임을 재확인하는 선언식이라는 생각도 해봅니다. 여러분은 사랑의 집 짓기 운동을 통해 삶의 보금자리인 집을 얻었을 뿐만 아니라 내일에 대한 소망도 가질 수 있게 됐습니다. 그리고 무엇보다 일생 함께할 좋은 친구들을 얻게 됐습니다."

2000년 8월 12일, 단 일주일 만에 '평화를 여는 마을'이 완공됐다. 한국해비타트가 처음 시도한 대규모 프로젝트였지만 모두가 인정할 만한 성과를 이뤄냈다. 마지막 날 헌정식에서 홈오너에게 성경책과 집 열쇠를 전달할 때는 이 프로젝트에 참여한 자원봉사자들과 홈오너들, 그리고 한국해비타트 직원들 모두가 감격의 눈물을 흘렸다.

완성된 '평화를 여는 마을'

'5일, 우리는 해냈습니다!'가 쓰여진 현수막

　'평화를 여는 마을'은 집이라는 울타리 안에서 지역 간 갈등을 허물고 같이 살면서 화합을 이루는 장이었다. 또한 영남과 호남이 하나가 되어 함께 어우러진 마을 건축 프로젝트를 통해 한국해비타트는 전국적인 인지도를 얻게 됐다.

　마을 이름을 짓는 것은 매우 중요하고 의미 있는 과정이다. 이듬해 JCWP 2001이 열렸을 때, 주 사업 지역인 아산의 마을 이름을 '화

합의 마을'로 정했다. 한국해비타트는 마을들이 그 이름처럼 평화와
화합을 이루기를 간절히 바랐다. '평화를 여는 마을'과 '화합의 마을'
이 연이어 완공되며 한국해비타트의 이상은 곳곳으로 퍼져나갔다.

# 그 여름,
# 우리는
# 하나였다

"우리는 집을 준공할 때마다 성경을 드립니다. 이 집이 바로 예수님의 사랑 때문에 지어진다는 것을 알리고자 하는 뜻에서입니다. 한 홈오너가 왜 이런 일을 하느냐고 묻자, 자원봉사자는 '하나님께서 당신을 사랑하시기 때문입니다. 그리고 그 하나님의 사랑을 우리가 예수님의 이름으로 전하는 것뿐입니다.'라고 말했습니다. 홈오너는 '이제 기독교인이 뭔지 알겠어요.'라고 말했고, 그날 예수님을 만났습니다."

JCWP 2001을 준비하기 위해 우리나라를 찾았던 밀라드 풀러 (당시) 해비타트 총재의 이야기다. 그는 하나님으로부터 가난한 사람들에게 집을 지어주는 일을 하라는 부르심을 받았고, 그러한 믿음 아래 실천하는 것이 자신의 사명이라고 확신했다. 이러한 그의 신념은 많은 사람을 움직였고, 오늘날 세계 각지에서 해비타트 운동을 이어가게 하는 원동력이 됐다.

JCWP 2001은 한국해비타트의 존재를 전 세계에 알리고, 국내에서 지명도를 높이는 분기점이 됐다. JCWP는 1999년 필리핀에서, 2000년 미국에서 치러졌다. 이후 한국해비타트를 사랑하는 이들의 열띤 노력으로 1999년 10월 캐나다에서 열린 국제해비타트 이사회는 JCWP 2001을 대한민국에서 치르기로 결정했다.

JCWP 2001을 우리나라에서 치르게 된 것은 우연한 만남 덕분이었다. 1999년 10월, 로잔공과대학의 초빙교수로 스위스에 머물고 있었던 정근모 (당시) 한국해비타트 이사장(이하 '정 이사장')은 캐나다에서 열리는 국제해비타트 이사회에 참석하기 위해 시애틀공항에서 환승을 기다리고 있었다. 그는 그곳에서 우연히 두 명의 사람을 만나게 됐다.

첫 번째 만난 이는 국제해비타트 이사회의 믹 킬라이더 (당시) 이사장이었다. 잡지를 뒤적이다 고개를 들었을 때 밝은 얼굴로 걸어오는 그를 보게 된 것이다. 두 번째로 만난 이는 밀라드 풀러 총재였다. 믹 킬라이더 이사장과 담소를 나누던 카페로 밀라드 풀러 총재가 성큼성큼 들어와 자연스레 합석하게 된 것이다. 서로 이야기를 나누다보니 믹 킬라이더 이사장은 워싱턴에서, 밀라드 풀러 총재는 애틀랜타에서, 정 이사장은 스위스에서 각각 출발했다고 했다. 시애틀공항에서의 우연한 만남을 소재 삼아 셋은 즐거운 대화를 이어갔다. 대화를 하던 중, 정 이사장의 머릿속에 아이디어가 하나 떠올랐다.

'JCWP를 한국에서 하면 어떨까?'

그의 제안에 밀라드 풀러 총재는 "2002년에 한국에서 개최하는 것을 이사회에서 논의해 보죠."라고 답했다. 정 이사장은 2002년 한일월드컵으로 인해 JCWP에 대한 국내의 관심이 분산될 것이 염려되기도 했다. 그러나 1999년 필리핀에서 열린 JCWP 1999에서 활약했던 한국인 자원봉사자들의 열기가 식기 전에 한국에서 재현해보고 싶은 마음이 컸다. 당시 JCWP 1999 때 한국인 자원봉사자와 교민까지 500명 이상이 참여했고 집도 15채나 후원해 국제사회에 큰 감동을 전해줬었다. 정 이사장은 2001년 유치를 더욱 강력히 희망했다.

"저는 찬성합니다. 우리나라에 있는 6.25 참전 용사들은 여전히 한국을 돕고자 하는 마음을 가지고 있습니다. 게다가 6.25 전쟁 50주년 기념행사가 이어지고 있지 않습니까? 이 기회에 한국에서 JCWP

를 개최합시다."

당시 6.25 전쟁 50주년 기념행사는 2000년부터 3년간 지속될 예정이었다. 이러한 상황을 배경으로 믹 킬라이더 이사장도 정 이사장의 의견에 힘을 실어줬다. 이 논의는 캐나다로 이동할 때까지 결론이 나지 않았으나, 밀라드 풀러 총재가 이사회에서 깜짝 발표를 하면서 결정되었다.

"제가 기도하던 중에 2001년 JCWP는 한국에서 하라는 응답을 받았습니다. 이사들이 찬성한다면 그렇게 결정하고자 합니다."

이후 진행된 투표 결과는 더 놀라웠다. JCWP 2001의 한국 유치가 만장일치로 통과된 것이다.

마침 2001년은 국제해비타트 창립 25주년으로 의미가 남다른 해였다. 정 이사장은 이러한 사실을 잠시 잊고 유치를 제안했다며, 25주년이라는 것을 잊지 않았다면 섣불리 제안하지 못했을 거라고 말했다.

JCWP 2001 한국 유치가 결정된 후, 정 이사장을 포함한 한국해비타트 직원들은 '불면의 밤'을 보내기 시작했다.

기본적으로 집을 짓는 일은 '전문가'의 영역이기에, 민간단체가 이를 주도할 경우 건축 전문가뿐만 아니라 안전 전문가도 절실히 필요했다. 또한 수많은 자원봉사자와 후원금을 확보해야 하고, 자원봉사자들에게 제공할 숙식 시설까지 있어야 했다. 한정된 시일 내에 이 모든 일을 완벽히 준비하는 것은 무리로 보였다. 하지만 한국해비타트 직원들은 불가능에 가까운 일을 가능으로 바꾸기 위해 밤낮없이 헌신했다. 1999년 10월부터 JCWP 2001이 열리는 2001년 8월까지 그 긴 시간 동안 걱정 없이 잠든 직원은 없었다.

끊임없는 노력의 결과 기적처럼 해외에서 약 40억 원, 국내에서 약 60억 원의 후원금이 모금됐고, 2001년 8월 5일부터 11일까지 1만여 명의 국내외 자원봉사자들이 우리나라 6개 지역에서 165채를 지었다. 한국해비타트는 무(無)에서 유(有)를 창조해낸다는 말을 실감했다.

그 창조의 현장은 '사랑의 땀'으로 가득했다. 찌는 여름의 태양 아래, 10대 어린아이부터 낯선 나라에 처음 온 외국인까지, 생면부지의 사람들이 자신의 시간과 노력, 비용을 지불하면서 땀 흘리며 집을 지었다.

"왜 이 많은 사람들이 힘든 일을 자처하며 이곳에 모였나요?"라는 질문에, 한 미국인 자원봉사자는 해비타트 봉사의 열정을 '전염병'이라고 표현했다.

"치료법은 없습니다. 해비타트 운동에 다시 참여하는 것밖에는요. 저도 이 전염병에 걸렸습니다."

이 열정과 사랑을 감염시킨 대표적인 인물이 지미 카터 전 대통령이다. 그는 2001년에도 JCWP에 참여해 한국해비타트의 건축 현장 6곳을 모두 방문하며 자원봉사자들과 함께 망치를 들고 집을 지었다.

지미 카터 전 대통령은 헌정식에서 홈오너 가족들에게 집 열쇠와 꽃다발을 건네며 축복의 기도를 드렸다. 미국 전 대통령이 축하해주자 홈오너 가족들은 감격해서 어쩔 줄 몰라 했고, 그 모습을 지켜보던 자원봉사자들도 함께 기쁨의 눈물을 흘렸다. 일주일간 함께했을 뿐이지만 서로 오래된 친구처럼 부둥켜안았다. 그해 여름, 현장에 있던 모두는 하나가 됐다.

# 지미 카터,
# 그리고
# JCWP 2001

JCWP 2001에서 가장 바쁜 사람은 단연 지미 카터 전 대통령이었다. 그의 한국 방문은 전 세계에 한국해비타트의 존재를 알리는 중요한 뉴스였고, 국내에서도 해비타트의 위상을 한층 높이는 계기가 됐다. 그의 참여는 나비효과를 일으키기에 충분했다.

8월 5일, 아침 7시 28분. 지미 카터 전 대통령이 탄 비행기가 공항에 도착했다. 같은 시각 자원봉사자들은 아산 지역 행사지원실에서 참가 등록을 하기 시작했고, 지미 카터 전 대통령도 공항에 도착하자마자 아산으로 향했다. 그는 '수석 자원봉사자'로서 모든 건축 현장을 돌며 오로지 집을 짓는 데 전념했다. 2001년은 그가 해비타트 운동에 참여한 지 18년째 되는 해이기도 했다.

JCWP를 잘 모르던 사람들은 지미 카터 전 대통령을 홍보대사 정도로 생각했다. 7일 동안 주요 행사에만 참여하고 미국으로 돌아갈 줄 알았던 그가 현장에서 직접 못을 박는 모습을 보며 사람들은 일손을 멈추고 지켜보기도 했다. 부인인 로잘린 카터 여사가 못을 전해주면 그는 몇 번의 망치질로 굵은 못을 깊숙이 박아 넣었다. 전문 목수라 해도 손색이 없었다. 한국해비타트 관계자들도 "내가 본 최고의 자원봉사자!"라는 찬사를 아끼지 않았다.

지미 카터 전 대통령은 이동 시간을 제외하고 한국해비타트 건축 현장에서 온종일 지냈다. 하루 8시간의 작업을 충실히 소화하기 위해 공개적으로 양해를 구하기도 했다.

"아내와 저는 이곳에 일하러 왔습니다. 사진 촬영이 아닌 집을 짓는 일에만 집중할 수 있도록 부탁드립니다."

JCWP는 1984년 미국에서 시작되어 멕시코, 캐나다, 헝가리 등을 거치며 수십, 수백 세대의 집을 지어왔다. 이를 통해 해비타트 운동이 국제적으로 빠르게 알려졌고, JCWP는 국제해비타트의 주요 행사로 자리 잡았다. 그러나 지미 카터 전 대통령은 지나친 언론의 주목으로 인해 자원봉사자들이 일에 집중하지 못하는 상황이 생길 것을 우려했다. 자원봉사자들과 홈오너 가족에게까지 자신이 일에만

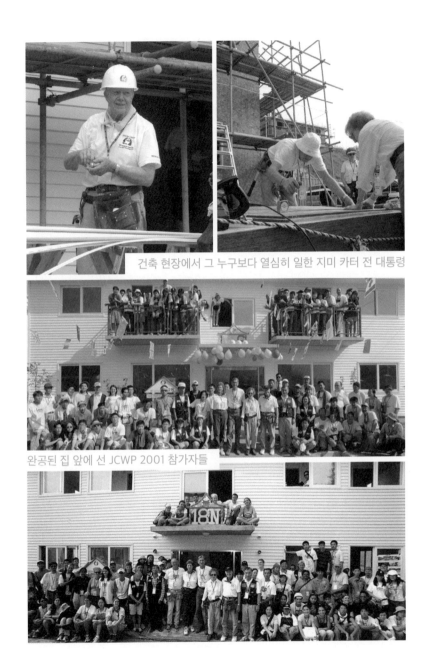

건축 현장에서 그 누구보다 열심히 일한 지미 카터 전 대통령

완공된 집 앞에 선 JCWP 2001 참가자들

몰두할 수 있도록 도와달라고 부탁한 것도 그 때문이었다.

우리나라 대통령의 청와대 만찬 초청도 정중히 사양했다. 이유는 같았다. 자신이 한국에 온 것은 안락하고 튼튼한 집을 짓는 데 보탬이 되기 위해서라며, 일할 시간을 빼앗지 말아 달라고 부탁했다. 결국 김대중 당시 대통령 내외는 지미 카터 전 대통령을 만나기 위해 한국해비타트 건축 현장을 찾았고, 예정된 만찬은 소박하게 진행됐다.

6.25 전쟁 당시 해군 잠수함 항해사로 참전했던 지미 카터 전 대통령은 이번 JCWP 2001이 네 번째 한국행이었다. 그래서 언론들은 그와 우리나라의 깊은 인연을 앞다퉈 소개했다. 그는 1991년과 1994년 두 차례에 걸쳐 북한을 방문해 평화 협상에 앞장서기도 했다. 갈등의 중재자 역할을 자처했던 그의 공로는 2002년 노벨평화상 수상으로 이어졌다.

퇴임 후에도 그는 JCWP를 언제나 우선시하며 직접 망치를 들어 집을 짓고, 헌정식 때는 홈오너 가족에게 성경책을 직접 전달하는 것을 잊지 않았다.

"셋방을 전전하던 내가 지미 카터 전 대통령이 지은 집에서 살게 되다니…."

한 홈오너는 자신이 살 집을 짓는 지미 카터 전 대통령을 보며 밑

헌정식에서 홈오너에게 성경책을 전달하는 지미 카터 전 대통령과 정 이사장

기지 않는다는 표정을 지었다. 다음 날에는 더 큰 놀라움이 기다리고 있었다. 지미 카터 전 대통령과 하루 동안 함께 일하게 된 것이다.

"결혼하고 16년 만에 갖게 되는 첫 집을 미국의 전직 대통령이 지어준다는 게 믿기지 않았어요. 그렇지만 제 앞에 그 모습이 펼쳐지고 있었어요. 정말 집을 갖게 됐다는 사실과 우리를 위해 멀리서 수많은 자원봉사자가 왔다는 것을 실감하며 가슴이 벅차올랐습니다."

평범한 농부에서 백악관 주인을 거쳐 이제는 손에 망치를 든 목수가 된 지미 카터 전 대통령은 JCWP 2001에 참여한 모든 사람에게 깊은 인상을 남겼다.

2001년은 유엔(UN)이 정한 '자원봉사자의 해'였다. 거기에 국제해비타트 창립 25주년까지 더해지면서 JCWP 2001은 특별한 의미를 가진 행사가 됐다. 세계 각국에서 1만 명이 넘는 자원봉사자가 한국을 찾았고, 그중 2,000여 명이 외국인이었다.

7일간의 봉사가 마무리되는 헌정식에는 다양한 국적의 자원봉사자들이 홈오너 가족들과 어우러졌다. 피부색도, 성별도, 나이도 상관없이 그들은 해비타트 자원봉사자로서 서로를 마주했고, 특별한 동지애로 하나가 됐다.

"흥겨운 축제에 참여한 것 같았어요. 7일 동안 힘들었지만 행복했고, 어려웠지만 잊을 수 없는 시간이었습니다."

JCWP 2001의 성공적인 마무리를 지켜본 1만여 명의 자원봉사자들은 여운을 안고 자신의 자리로 돌아갔다. 그 이후에 한국해비타트의 건축 현장을 다시 찾은 자원봉사자도 있었다.

한 번이라도 나눔의 기쁨을 경험한 사람은 그 기쁨을 다시 느끼기 위해 해비타트 현장을 찾게 된다. 40년 동안 해비타트와 함께한 지미 카터 전 대통령처럼, 한 번도 가보지 않는 나라에 집을 짓기 위해 방문했던 자원봉사자들처럼 말이다.

# 자전거로
# 집을
# 짓다

'자전거로 짓는 사랑의 집(CFH : Cycling for Habitat) 2001'은 JCWP 2001과 함께 진행된 특별한 행사였다. 한국과 일본의 대학생 220명이 자전거를 타고 해비타트 운동을 홍보하고 모금하기 위해 달렸다.

이 행사의 시작은 1994년, 미국 예일대학교 학생들이 동부 워싱턴에서 서부 샌프란시스코까지 약 6,430킬로미터를 달리며 모금활동을 펼쳤던 'Habitat Bicycle Challenge(이하 'HBC')'에서 비롯됐다. 이들은 두 달 간의 여정 동안 대학과 거리를 지나며 해비타트 운동을 알리고 기금을 모았다(참가자가 달린 만큼 후원자가 일정 금액을 후원하는 방식으로 진행됐다). 언론의 관심과 사람들의 호응이 커지면서 미국 내에 해비타트 운동이 많이 알려지는 계기가 되기도 했다. 그래서 각국의 해비타트 본부도 비슷한 행사를 시작했다.

우리나라에서는 1998년, 한국해비타트 자원봉사자였던 한 대학생에 의해 '자전거로 짓는 사랑의 집'이 실현됐다. 건축학과 학생이던 그는 미국의 HBC 소식을 접한 후 우리나라에서도 같은 행사를 해보고 싶다는 열망에 졸업까지 미루었다.

한국에서는 HBC가 '자전거로 짓는 사랑의 집'으로 알려졌으며, 1998년부터 2008년까지 매년 진행됐다(2007년, 2008년에는 포스코 대학봉사단에 의해 재개되기도 했다). 훗날 그는 '자전거로 짓는 사랑의 집'에 대해 "이 땅에서 누릴 수 있는 가장 아름다운 추억"이라고 회상했다.

1998년 이후 해가 갈수록 참가자가 늘어났고, 열기도 더 뜨거워졌다. 일본의 한 청년은 '한국에서 보낸 시간은 내 인생에서 가장 귀한 시간이었습니다. 인생에서 무엇이 가장 가치 있는 일이고, 무엇을 하며 살아야 하는지 알게 됐습니다.'라는 내용의 편지를 보내오기도 했다.

1998년 첫 번째 '자전거로 짓는 사랑의 집(이하 '사이클링 캠페인')'은 후원 물품부터 참가자 모집까지 모든 것이 처음이라 쉽지 않았다.

건/축/기/금/모/금/재/전/거/달/리/기
일시:1998년 7 월 19 일~25 일
장소:서울-여주-제?

CYCLING FOR HABITAT 98  Cycling For Habitat 98

모든 것이 처음이었던 1998년 '자전거로 짓는 사랑의 집' 출정식

"Cycling for Habitat 98"  연

태백 현장에서의 '자전거로 짓는 사랑의 집', 가운데 있는 정 이사장과 밀라드 풀러 총재

그러나 다행히도 후원기업과 자전거 관련 협회의 지원으로 참가자들의 사전 교육까지 잘 마칠 수 있었다. 당시에는 홍보수단이 많지 않아 참가자 모집이 어려웠지만, 그래도 24명이 신청해 올림픽공원에서 출발하여 태백의 해비타트 건축 현장까지 300킬로미터를 3박 4일 일정으로 달렸다.

서울에서 여주, 원주, 제천, 영월, 사북, 태백으로 이어지는 경로는 치악재, 싸리재와 같은 산악 코스가 포함된 험난한 길이었다. 때로는 자전거를 밀고, 때로는 어깨에 메고 오르기도 했지만 해비타트 운동 홍보와 1킬로미터당 1,000원씩의 모금활동은 빼놓지 않았다. 그렇게 해서 총 400만 원을 모금했다. 태백 현장에 도착한 이들은 먼저 도착해 있던 정 이사장과 밀라드 풀러 총재를 만났고, 한 학생은 "몸은 고됐지만 목표와 보람이 있어 한계를 넘을 수 있었습니다." 라며 감격의 눈물을 보였다.

준비 기간을 포함해 총 4개월의 대장정을 마친 사이클링 캠페인은 대학생들의 역동적인 교류 프로그램으로 소문이 나기 시작했고, 이듬해부터 한국해비타트를 대표하는 행사로 자리 잡게 됐다.

1999년 두 번째 사이클링 캠페인에서는 참가자가 두 배 이상 늘어 70명이 넘었고, 모금액도 2,550만 원으로 증가했다. 참가자 중 상당수는 일본 청년들이었다. 당시 필리핀에서 열린 JCWP 1999에서 만난 한국과 일본 청년들이 교류하면서 자연스럽게 이번 사이클링 캠페인에도 참여하게 된 것이다. 이들은 600킬로미터에 달하는 의정부에서 진주까지의 여정을 함께했다. 의정부 건축 현장에서 출발해 서울, 수원, 천안, 대전, 전주를 지나 진주로 내려가는 길은 8월의 뜨거운 열기 속에서 진행됐다. 참가자들은 길고 힘든 여정 가운데서도 레크리에이션과 노래, 예배로 친목을 다지며 서로를 격려했다.

하이라이트는 광복절에 임진왜란의 역사를 느낄 수 있는 진주성을 찾아간 일이었다. 이는 일본과 한국 청년들이 역사와 화해를 함께 되새기는 특별한 시간이기도 했다. 진주의 해비타트 현장에서 이틀간 집 짓기 봉사에 참여하기도 했다. 10박 11일 동안 함께 땀을 흘린 한국과 일본의 청년들은 함께하면 쉽다는 진리를 가슴에 새기고 각자의 자리로 돌아갔다.

2000년 세 번째 사이클링 캠페인은 '평화를 여는 마을' 프로젝트가 한창이며, JCWP 2001을 앞둔 시기에 진행되었다. 당시 캠페인의 규모가 커져 한국, 일본, 중국, 태국, 스리랑카 등의 청년 150명이 참가했다.

출발지는 서울, 히로시마, 나가사키로 나뉘었고, 각각 390킬로미터를 달려 광양에서 모이는 코스였다. 참가자들이 8월 1일부터 6일까지 자전거 페달을 밟아준 덕분에 약 6,000만 원이 모금되었다.

한국 청년들과 일본 청년들이 함께한 '자전거로 짓는 사랑의 집 2001'

JCWP 2001을 맞아 열린 2001년 사이클링 캠페인은 최대 인원을 자랑했다. 대학생 220명에 일반 지원자와 외국인까지 총 300여 명이 함께했다. 7월 28일 히로시마, 7월 31일 부산, 8월 1일 임진각에서 각각 출발한 이들은 아산으로 향했다. 부산에서 출발한 참가자들은 경주, 대구, 대전, 천안을 지나 400킬로미터를 달렸고, 임진각에서 출발한 참가자들은 서울, 수원, 이천, 천안을 거쳐 370킬로미터를 달렸다.

히로시마의 출발지는 히로시마평화기념공원이었다. 청각장애인을 포함한 5명의 한국 청년과 20명의 일본 청년이 'JCWP 2001'이 쓰여진 플래카드를 보이며 출발해 후쿠오카, 시모노세키를 거쳐 부산, 아산 까지 달려왔다. 하얀 헬멧과 티셔츠는 쏟아지는 땀 때문에 날이 갈수록 누렇게 색이 바랬지만, 열정은 식지 않았다. 집 없는 사람들을 위해 집을 짓는다는 소중한 마음을 품고 힘차게 페달을 밟았다.

이들의 뜨거운 열정에도 불구하고 자전거 종주는 험난했다. 길고 험한 길에서 체인이 빠지는 일은 부지기수였고, 아예 바퀴가 빠지기도 하고 자전거와 함께 넘어져서 크고 작은 상처를 입기도 했다. 하지만 함께 달리는 참가자들, 모금활동을 생각하면 멈출 수 없었다. 쉬는 시간에도 모금함을 드는 열정을 지켜보던 지역 주민들은 물과 간식을 건네며 그들을 응원했다.

첫날에 예정된 구간은 28킬로미터였다. 완주를 마친 한국 참가자들은 일본 참가자들에게 작은 선물을 건넸다. 일본 참가자들은 "감사합니다. 한국을 좋아해요."라고 인사했다. 정다운 말 한마디에 양국 참가자들의 마음속에 있던 국경이 사라졌다.

5일 동안 한국과 일본의 청년들은 열심히 달렸다. 아산의 해비타트 건축 현장에 도착하자 사이클링 캠페인 참가자들을 기다리던 자원봉사자들이 크게 반겨줬다. 참가자들은 완주 후에도 집 짓기 봉사에 동참했다.

이후로도 사이클링 캠페인은 다년간 계속됐고, 2002년에는 한일 대학생 70여 명이 판문점에서 경산까지 400킬로미터를 달렸다. 2003년에는 서울에서 강릉까지 400킬로미터, 2004년에는 군산에서 춘천까지 400킬로미터를 달렸다.

사이클링 캠페인 기간이 하루로 줄어들었을 때도 그 열기는 식지 않았다. 참가 대상은 청년뿐 아니라 10대부터 직장인까지 확대되었고, 짧은 하루 동안 자전거로 해비타트 운동을 알리며 모금활동을 했다. 한 대학교의 해비타트 동아리에서는 하루 약 30킬로미터를 달리기도 했다.

"힘들었지만 서로 격려하며 페달을 밟는 친구들 덕분에 값진 추억을 만들었습니다."

# 슬픔도
# 힘이
# 된다

 

JCWP 2001의 일주일은 마치 한순간 같았다. 한국해비타트뿐만 아니라 국제해비타트의 방대한 자원과 인력이 동원되어 1만여 명의 자원봉사자들이 모였고, 6곳의 현장에서 165세대의 집이 지어졌다.

그러나 한국해비타트는 한동안 그 감동의 시간을 차분히 정리할 용기를 내지 못했다. JCWP 2001은 많은 사랑과 감사로 가득했지만 이 안에는 깊은 슬픔도 담겨 있었다.

'화합의 마을'에는 2개의 기념물이 있다. 하나는 정 이사장의 아들 고(故) 진후(영어명 Harvey)를 위한 기념주택과 'Harvey Chung 헌정비', 또 하나는 고(故) 손인현 건축고문을 기리기 위한 '손인현회관'이다.

2001년 3월, JCWP 2001 준비가 한창일 때 정 이사장은 아들 진후를 먼저 하늘나라로 떠나보내야 했다. 진후는 만성 신장염이라는 난치병으로 어릴 때부터 고생하다가 신장 이식을 두 번이나 받았다. 2001년 1월, 정 이사장은 아들의 담석 제거 수술을 지켜보기 위해 미국으로 갔다. 걱정이 많은 정 이사장과 달리 진후는 밝은 얼굴로 부모님을 위로했다. JCWP 2001로 바쁜 정 이사장에게 자신은 괜찮으니 어서 가서 집 짓는 일에 헌신하라는 말까지 할 정도였다. 아들의 말을 듣고 정 이사장은 다시 한국으로 돌아왔다.

그러던 3월 어느 날, 아들이 위독하다는 연락을 받고 바로 미국으로 달려갔지만 진후는 슬픔도, 고통도 없는 천국으로 긴 여행을 떠난 후였다. 정 이사장은 아들을 보기 위해 가는 비행기에서 마지막 편지를 썼다.

잘 가거라, 먼저 가거라. 너, 참 수고 많이 했다. 작은 십자가 지고서 큰일 많이 했다.

정 이사장은 장례를 마치고 JCWP 2001 현장으로 돌아왔다. 아들은 더 이상 그의 곁에 없었지만, 아름답게 지어질 집들을 보며 마치 천국에서 "저는 잘 지내고 있으니 걱정하지 마세요." 하며 웃어줄 것만 같았다.

국제해비타트 이사회는 큰 슬픔을 겪고도 묵묵히 헌신한 정 이사장을 위로하기 위해 기념비를 준비했다. 정 이사장은 아들의 부의금을 기념 주택 건축을 위해 기부했다.

하나의 슬픔이 다 씻겨 나가기도 전에 또 다른 슬픔이 한국해비타트를 찾아왔다. 건축업무 총책임자로 온 힘을 다하던 손인현 건축고문이 현장으로 가던 중 교통사고로 세상을 떠난 것이다.

JCWP 2001을 준비하던 7월 초였다. 아산 현장으로 이동하던 손고문은 과속 차량과의 충돌로 안타깝게도 그 자리에서 생을 마감했다. 갑작스러운 비보에 한국해비타트는 큰 충격과 비통에 빠졌다.

손 고문은 서울대 건축학과를 졸업하고 건설회사에서 30여 년간 일을 한 전문가였다. 퇴직 후 대학에서 강의를 하던 그는 신문에서 JCWP 2001의 기공식 기사를 접하고 곧장 한국해비타트를 찾아왔다.

"제가 할 일이 없겠습니까?"

그 순간, 한국해비타트는 해결사를 찾았다고 확신했다. 당시 한국해비타트 본부는 건축의 전 과정을 총괄할 적임자를 찾지 못해 큰 어려움을 겪고 있었기 때문이다. 건축 담당 팀장이 그만두는 바람에 업무 공백이 생긴 상황이었고, 현장에서는 국제해비타트 스태프들과 한국 스태프들 간에 언어 소통, 문화 차이 때문에 호흡을 맞춰가는 데 애를 먹고 있었다. 이런 상황에서 대형 건설사에서 다수의 프로젝트를 진행한 경험이 많고, 영어와 일본어까지 능통해 국제해비타트 스태프들과의 소통에도 아무런 문제가 없는 손 고문은 하나님께서 한국해비타트에 보내주신 일꾼 같았다. 또한 그는 "한국해비타트는 지난 30년간 제가 터득한 지식과 기술을 펼칠 수 있는 마지막 무대입니다."라며 JCWP 2001에 대해 강한 애정을 드러냈다.

손 고문은 선임되자마자 아산을 비롯한 건축 현장 6곳을 돌며 건축 준비에 박차를 가했다. 그는 특유의 유머로 직원들을 격려했고, 업무 처리가 철두철미했으며, 국내외 해비타트 인력 사이의 갈등을 조율하며 모든 일을 이끌었다. 그런 그가 안타까운 사고를 당한 것이다. 발인예배를 마친 후, 운구 행렬은 그의 손길이 닿았던 아산의 건축 현장을 한 바퀴 돌며 마지막 인사를 나눴다.

이후 '화합의 마을'의 마을회관은 '손인현회관'이라는 이름을 얻게 됐다. 마을회관은 손 고문이 자주 머물며 깊이 관여한 곳이었기에 그를 기리기 위한 회관 이름으로 더할 나위 없었다. 손 고문이 하늘나라에서 이 마을을 지켜보며 흐뭇한 미소를 짓고 있을 것만 같았다.

손인현회관 헌정식

JCWP 2001이 끝난 후, 한국해비타트는 다시금 소중한 이들을 기억하며 마음을 정리했다. 손인현회관 헌정식이 열렸고, 그를 추억하는 영상도 상영됐다. 영상 속의 손 고문이 환하게 웃으며 말했다.

"지금까지 살아온 60년보다 한국해비타트에서 보낸 몇 개월이 훨씬 더 행복합니다."

헌정비가 세워진 그 자리에서 한국해비타트 관계자들과 자원봉사자들은 서로의 어깨를 맞대고 마음을 나눴다. 슬픈 이별 뒤에는 서로를 더욱 단단히 지키고, 해비타트 운동을 알리기 위해 앞으로 나아가기로 굳게 다짐하는 마음이 담겨 있었다.

# 새싹이
# 자라는
# 명품 마을

충남 아산시 도고면 금산리의 '화합의 마을'은 JCWP 2001 때 조
성된 마을이다. 총 112세대가 있으며, 주민 350여 명이 함께 어울려
살고 있다. 마을로 들어서는 길가에는 예쁘고 아담한 하얀색 교회,
바로 국내 유일의 해비타트교회(기독교대한감리회)가 자리하고 있다.
이 교회는 '화합의 마을'과 긴 역사를 함께하며 주민들의 삶을 보듬
고 이웃과의 화합을 통해 진정한 행복의 터전을 이루고자 노력해온
신앙 공동체다.

2001년 5월, '화합의 마을' 건축터 파기 기초공사에 기둥이 올라갈
때쯤 박성식 목사가 교회 초대 담임목사로 이곳에 파송됐다. 박 목

사는 교회 건축보다 먼저 '화합의 마을'을 위해 봉사하며 자원봉사자들과 예비 홈오너들을 위한 신앙 상담과 응원의 기도를 아끼지 않았다. 주일이면 가정선정위원회가 있는 컨테이너에서 예배를 드리며 하나님의 사랑이 이 마을 곳곳에 깃들기를 간절히 기도했다.

강대상에서 JCWP 2001의 성공을 기원하고 조금씩 지어져 가는 보금자리들을 일일이 찾아가 기도를 하면서 박 목사는 가슴이 뜨거워졌다. 자원봉사자들의 사랑과 눈물의 기도로 아름다운 집이 완성되어갔다. 그리고 집과 함께 해비타트의 정신과 가치가 '화합의 마을'에 뿌리내리기 시작했다.

부천제일감리교회에서 교육목사로 일하던 박 목사는 해비타트교회의 파송 제안을 받았을 때 적잖은 고민을 했다.

'처음 들어보는 해비타트 운동에 내가 적격한 목회자인가? 과연 내가 이 부르심을 감당할 수 있을까?'

40대 중반이었던 박 목사는 당시 담임 목회지를 놓고 기도하던 중이었다. 엎드려 부르짖던 어느 날, 하나님께서 응답을 주셨다.

"이사야 선지자는 '내가 누구를 보내며 누가 우리를 위하여 갈꼬'라는 하나님의 목소리를 듣고 즉시 응답했습니다. '내가 여기 있나이다, 나를 보내소서….' 이 말씀이 어찌나 저의 귓전에 강하게 메아리쳤는지 모릅니다."

농촌지역에서 교회를 개척하는 것이 쉽지 않다고 주변 사람들이 말리기도 했다. 하지만 하나님의 뜻이라면 무모할 정도로 일사천리였던 박 목사는 기도 응답을 믿고 JCWP 2001 현장으로 내려갔다. 건축에 참여하면서 해비타트 교육과 공부에도 매진했다.

아직 예배당도 없고, 단 한 명의 성도도 없었지만 예비 홈오너들과 한가족처럼 함께 집을 지었다. 그렇게 시간이 흘러 봄, 여름을 지나 추석 전후로 1차 88세대가 입주하게 되었다.

"자원봉사자들과 후원사들의 사랑과 기도, 열정이 망치가 되어 지어진 보금자리는 이 세상 어디에도 없습니다. 얼마나 큰 감동의 입주였는지 모릅니다. 집이 없어서 오랜 세월 남의 집을 전전하며 가난과 집 없는 설움을 겪었던 가족들, 특히 자식들과 함께 살 수 있는 내 집이 생겼다는 사실 하나로 헌정식은 그야말로 기적의 눈물바다였습니다."

박 목사는 당시를 회상하며 상기된 얼굴로 말을 이었다.

"처음 입주하던 날, 한 아이가 인형 베개를 끌어안고 이 방, 저 방을 돌아다니며 잠을 자지 않더랍니다. 부모가 '왜 안 자니?'라고 물으니 '제게도 방이 생겼어요. 내 책상, 내 침대가 있어요. 아무리 자려고 해도 잠이 오지 않아요. 그저 좋기만 해요.'라며 부모의 품에 안겨 행복해했다는 이야기를 들었을 때 제 가슴이 얼마나 뛰었는지

'화합의 마을'에 있는 해비타트교회

모릅니다. 해비타트 운동의 진정한 가치를 보여준 순간이었습니다."

입주 후, 박 목사는 교회 건축을 위해 여러 건축사사무소를 찾아다녔다. 교회 건축의 가치와 비전에 특히 귀를 기울여준 한 사무소와 함께 간절한 믿음을 담아 설계에 돌입했다. '이방인도 찾아오고 싶을 만큼 따뜻한 초대의 공간'으로 건축 콘셉트를 정하고, 삶에 지친 영혼들과 죄악에 빠진 사람들에게 한번 가보고 싶은 교회가 되었으면 좋겠다고 생각했다.

"예배실로 쓰이는 중앙마루 위 천장을 투명유리로 해서 채광도, 통풍도 좋게 하고 싶습니다."

자연스러운 채광을 위해 투명유리 천장과 통풍을 고려한 설계를 하며, 작고 아담하더라도 따스한 교회가 되기를 바랐다. 이후 박 목사의 교회는 개척한 지 2년 만에 성도 40명이 예배를 드리는 곳이 됐다.

박 목사는 성도들의 삶이 평안하기를 간절히 바랐다. 그래서 홈오너들의 자립을 적극적으로 지원했다.

JCWP 2001이 시작될 당시는 외환위기의 상처가 아직 아물지 않은 때였다. 그래서 사회 각계각층에 어려운 이웃이 많았다. '화합의 마을'에 입주한 홈오너들도 그들 중 일부였다. 부모들이 경제적으로 어려우니 아이들의 생활도 편치 않았고, 맞벌이 가정의 아이들 중 방황하는 사춘기 10대 아이들이 많았다.

박 목사는 그들의 경제적 자립이 가정의 회복을 위해 필요하다고 생각하고 면사무소, 공장 등 일자리가 있을 만한 곳은 어디든 찾아다녔다. 어렵게 찾아낸 일자리를 홈오너에게 소개했고, 취업이 될 때마다 박 목사는 안도의 한숨을 쉬었다.

그런데 이번에는 교회에도 위기가 찾아왔다. 이제 막 신앙생활을 시작한 교인들은 기독교를 기복신앙으로 이해했다. 구하고 바라는 것을 기도했으나 단기간에 이뤄지지 않자 생활에 도움도 안 되는 교회에 다니는 것이 무슨 의미가 있느냐며 하나둘씩 교회를 떠나기 시작했다. 믿음으로 양육한 가정이 교회를 떠나는 모습을 지켜보는 박 목사의 마음은 까맣게 타들어갔다.

박 목사는 이후 교회사역의 목표를 '은혜 아는 자'로 정했다. 어른들은 이미 습관이 몸에 배어 쉽게 변화되지 않지만, 아이들과 청소년들은 하나님과 부모님, 스승의 은혜를 알면 삶의 방향이 바뀐다는 생각에 아이들 사역에 집중하기로 한 것이다.

박 목사는 공부방을 마련하고 아이들을 맞았다. 요즘은 학교와 지역 사회에서 '방과 후 학교'를 운영해 어린이들에게 교육과 보육을 함께 제공하지만, 2000년대 초반만 해도 그렇지 못했다. 맞벌이 가정의 아이들은 스스로 끼니를 해결하며 공부를 해야 했다. 부모가 잘 챙겨주지 못하니 아이들은 그대로 방치됐다. 박 목사는 아이들을 돌보며 교회에 생기를 불어넣고자 했다.

그는 인근의 순천향대학교와 '민들레교육사랑' 교사 모임을 찾아가 자원봉사를 요청했다. 모두 흔쾌히 수락해 평일 오후 해비타트 교회를 찾아주었다. 일대일 학습지도를 해주자 교회는 아이들로 북적이기 시작했다. 아이돌봄이 필요했던 홈오너들은 교회에 아이들을 보내고 주일예배에도 다시 참석했다.

학습지도가 효과를 보이자 박 목사는 음대 출신 아내에게 악기지도를 부탁했다. 당시만 해도 저소득층 아이들이 바이올린, 첼로를 배우는 것은 상상하기 어려웠는데, 공부방에서 악기도 가르쳐준다는 소문이 퍼지자 인근 아이들까지 몰려왔고 마을에서 큰 화제가 됐다.

박 목사는 아이들의 학습지도뿐만 아니라 생활지도에도 적극적으로 나섰다. '화합의 마을'이 들어선 이후 인근의 초등학교는 예정되었던 폐교 계획을 취소하고 오히려 증축까지 했다. 지역 주민들도 마을에 아이들이 늘어나자 반기는 분위기였다.

공부방 덕분에 아이들이 밝아졌다. 이후 박 목사는 아산시로부터 지원을 받아 지역아동센터를 운영하게 되었다. 아이들은 스펀지처럼 빠르게 지도 내용을 흡수했다. 공부도 잘하고, 악기도 잘 다뤄 공연까지 펼쳤다. 반에서 1, 2등을 할 만큼 성적이 좋아진 아이들, 반장이 되어 임명장을 가져온 아이들이 생겨났다. 아이들 사이에서 '나도 할 수 있다.'라는 자신감이 퍼져나갔다.

그러던 중에 유독 박 목사의 눈에 밟히는 아이가 있었다. 몸이 불편한 남자아이였는데 일반 학교에 다니다 보니 다른 친구들에게 따돌림받거나 괴롭힘을 당하기 일쑤였다. 이 문제를 놓고 기도하던 박 목사에게 하나님께서 지혜를 주셨다.

박 목사는 "그 아이가 네 동생이라면, 네 형이나 오빠라면 어떻게 하겠니?"라는 말로 마을 아이들을 설득하며 서로 지켜주자고 제안했다. 또한 앞으로 몸이 불편한 아이를 잘 돌보면 달란트를 주겠다는 약속도 했다. 학교 앞 문구점 주인에게 달란트를 들고온 아이가 원하는 물건을 가져갈 수 있게 부탁하고, 한 달에 몇 번씩 문구점을 찾아 아이들이 가져간 물건의 값을 치렀다.

몇 주도 지나지 않아 몸이 불편한 아이는 학교에서 인기남이 되었다. 이뿐만 아니라 주변 아이들의 친절을 경험한 그 아이가 조금씩 회복되는 기적이 일어났다. 아이는 교회 찬양대에서 활동할 정도로 건강을 회복했고, 이제 어엿한 중학생이 됐다.

박 목사와 해비타트교회의 헌신 덕에 '화합의 마을'은 아이들이 변화되고, 어른들이 변화되고, 나아가 마을의 분위기까지 변화되었다. 반목하던 이웃들이 점차 화해하고, 술과 담배를 줄이며 단란한 가정을 이루기 시작했다.

"밀라드 풀러가 꿈꿨던 믿음으로 자립하는 가정들을 이곳에서 일구게 됐습니다. '화합의 마을'은 자치회가 잘 운영되어 지역에서도 '살기 좋은 마을'로 인정받고 있습니다. 저는 주민들에게 '여러분들은 해비타트의 선교사다.'라고 말합니다. 변화된 모습을 통해 하나님의 사랑을 전하라고 말입니다."

24년 동안 헌신한 박 목사와 해비타트교회가 사랑의 터전으로 만든 '화합의 마을'은 집과 함께 마을을 짓고자 했던 해비타트 운동의 좋은 모델이 되고 있다. 신앙을 바탕으로 자립의 뿌리를 든든히 내렸기에 '화합의 마을'은 앞으로도 변화의 희망을 품은 명품 마을로 나아갈 것이다.

## 희망의 노래를 들려드려요

"집이 뭐라고 생각해요?"

"보물섬! 왜냐면 가족들이랑 같이 있으니까!"

해비타트 헤리티지 어린이합창단(이하 '해비타트 어린이합창단')의 한 초등학생 단원의 대답이다.

'희망의 마을' 홈오너의 자녀들로 구성된 해비타트 어린이합창단의 아이들은 부모가 집을 짓기 위해 흘린 땀과 정성을 바로 곁에서 지켜보았다. 그래서인지 아이들에게도 집은 세상에서 가장 소중한 보물섬이 된 것 같다.

'희망의 마을'은 2003년부터 2013년까지 천안시 목천읍 교촌리에

조성된 31개 동, 112세대의 마을이다. 이곳의 꿈샘지역아동센터에서 교육을 받은 아이들은 해비타트 어린이합창단에 자연스럽게 들어가 노래로 해비타트 운동을 알리고 희망을 전하는 역할을 해오고 있다. 2012년에 활동을 시작했으니 어느덧 13년 차에 접어들었다.

창단 당시에는 해비타트의 '해'와 블랙가스펠 헤리티지의 '헤'를 따서 '해헤합창단'이라고 불렸다가, 2015년부터 '해비타트 헤리티지 어린이합창단'으로 이름을 바꾸었다. 해비타트 어린이합창단은 해비타트의 정신을 알리면서 지역 사회의 나눔 문화를 확산하기 위해 힘쓰고 있다. 창단 때 참여했던 단원들은 이제 성인이 되어 후배들을 위해 자원봉사자로 활발히 활동하고 있다.

해비타트 어린이합창단은 한국해비타트의 주요 행사뿐만 아니라 기독교 행사, 지역 나눔 행사의 주요 게스트로 초대받고 있다. 1년에 몇 번씩 무대에 오르는 어린이들은 '희망의 노래'를 통해 해비타트의 정신을 알리고, 청중들에게 벅찬 감동을 선사한다.

아이들이 무대에서 노래할 수 있도록 무대 뒤에서 이 모든 것을 준비하는 이가 있다. 그는 무뚝뚝한 말투로 아이들을 진두지휘하고, 아이들은 그 앞에서 허리를 숙여 인사하고 예의 바르게 행동한다. 그 모습은 마치 1990년대의 교장 선생님을 떠올리게 한다. 그러나 아이들의 눈에는 어색함이 아닌 친숙함, 두려움이 아닌 존경이

크리스마스 공연을 하고 있는 해비타트 어린이합창단

담겨 있다.

아이들에게 인사와 예절을 가르치는 이는 마을 학부모들의 협력을 끌어내 한국해비타트 최초로 어린이합창단을 창단한 목천성결교회의 김성열 목사다. 그는 꿈샘지역아동센터의 센터장으로서 아이들을 지도하고 있다.

김 목사는 젊은 시절 농촌 봉사활동을 통해 깊은 인연을 맺은 교회의 2대 담임목사가 됐다.

"외환위기 직후였어요. 많은 가정이 갈 곳을 잃고 교회로 찾아왔어요. 급한 대로 교회 마당에 천막을 치고 방을 만들어서 공동생활을 시작했습니다."

김 목사는 집이 없는 가정에게 집을 만들어 주기 위해 닥치는 대로 일하여 그들에게 임시 거처를 마련해줬다.

어느 날, 그는 한국해비타트 충남세종지회에서 홈오너를 모집한다는 공고를 보게 됐다. 수리해준 집에서 임시로 머물던 이들에게 지원서 접수를 제안하고는 긴장과 설렘 가운데 기다린 끝에 선정 소식을 듣게 됐다.

"그때를 생각하면 지금도 가슴이 뜁니다. 내가 집을 얻은 것처럼 기뻤으니까요. 매일 예비 홈오너들과 집이 지어질 언덕에 찾아가 기도했습니다."

건축이 시작되자 김 목사는 예비 홈오너들과 함께 자원봉사자로 나가 집을 지었다. 모두가 땀을 뻘뻘 흘리며 일하고 있던 중에 한국 해비타트 직원으로부터 자원봉사자들을 위해 팥빙수를 만들어 주면 어떻겠냐는 제안을 받게 됐다. 교회가 현장에서 가까웠기에 김 목사는 흔쾌히 수락했다. 그러나 김 목사는 30~40분의 짧은 휴식시간에 500명을 한꺼번에 먹이는 것이 얼마나 힘든 일인지 알지 못했다.

이내 상황을 파악한 김 목사는 우선 하나씩 해결하기로 했다. 먼저 제빙기가 필요했고, 다음으로 얼음을 갈 자동 빙수 기계가 필요했다. 우유와 팥도 대량으로 필요했다. 계산해 보니 만만치 않은 예산이었다. 그러나 궁하면 통한다는 말처럼, 모든 어려움이 '두드리자' 차례로 풀리기 시작했다.

제빙기는 냉동기 사업을 했던 교회의 신자에게 빌리고, 자동 빙수 기계는 후식으로 빙수를 내주던 식당의 주인에게 부탁해 빌리기로 했다. 얼음 공급은 인근 대학교 구내식당의 도움을 받기로 했고, 우유는 인근의 유제품 공장에서 무료로 지원해 주었다. 이제 나머지 식자재만 교회에서 준비하면 됐다.

그해 건축 현장에서 가장 큰 이슈는 '팥빙수'였다. 더운 여름 뙤약볕 아래서 일하는 자원봉사자들에게 팥빙수는 최고의 간식이었다.

팥빙수에 대한 소문은 빠르게 퍼져나갔고, 이듬해부터 김 목사와 홈 오너들은 '팥빙수 봉사'를 다니게 됐다. 건축 현장마다 팥빙수를 들고가 자원봉사자들에게 나눠주며 뜨거운 열기를 식혀줬다.

한국해비타트 충남세종지회는 해비타트 운동에 적극적인 김 목사에게 실행위원장으로서 지역아동센터인 꿈샘지역아동센터의 센터장 역할을 맡아달라고 제안했다. 농촌지역에서의 목회에 어려움을 겪고 방황할 때 지역 주민들과 함께 먹고, 함께 땀 흘리는 현장 목회의 중요성을 깨닫게 해준 한국해비타트에 항상 고마움을 느끼던 김 목사는 흔쾌히 제안을 받아들였다.

꿈샘지역아동센터를 맡게 된 김 목사는 아이들에게 '인사하기'부터 가르쳤다. 후배는 선배에게 깍듯한 예의로 대하고, 선배는 후배들에게 모범을 보이고 사랑으로 보살피라고 강조했다. 이러한 규칙들은 방황하는 10대 아이들이 제대로 된 가치관을 세우는 데 큰 도움이 됐다.

김 목사는 개인적 네트워크를 이용해 지역아동센터에 다양한 자원을 끌어모았다. 재능기부를 자처한 예체능 교사들이 찾아와 아이들을 지도하니 합창뿐만 아니라 악기 연주 등의 실력이 향상되었다. 또한 아이들이 설 수 있는 많은 무대를 만들어 나갔다. 지역사회에서 해비타트 어린이합창단의 활동은 협력과 네트워크 구축에 큰 도움이 되고 있다.

해비타트 어린이합창단은 해비타트 홍보와 지역 사회의 나눔 문화 확산을 위해 적극적인 활동을 펼치고 있다. 해비타트 어린이합창단이 무대에서 부르는 사랑과 화합, 그리고 평화의 노래는 듣는 이들에게 가슴 벅찬 희망을 꿈꾸게 해주고 있다.

# 꿈,
# 우리의
# 이야기

"꿈이 뭐야?"

보통 이런 질문은 아이들에게 하는 경우가 많다. 시간이 흘러 현실의 벽을 마주하게 되면 꿈은 그저 꿈일 뿐이라는 것을 깨닫게 되면서 점차 이 질문을 입 밖으로 꺼내지 않게 된다. 하지만 그렇다고 해서 마음속의 꿈이 완전히 사라지는 것은 아니다. 우리는 여전히 크고 작은 꿈을 꾸며, 불가능이라는 높은 벽을 마주하더라도 마음속에 꿈이 있기에 다시 일어설 힘을 얻는다. 꿈은 우리를 살아가게 하는 가장 큰 원동력이다.

수많은 꿈을 품고, 또 그 꿈을 이뤄온 한 사람이 있다. 그는 수십

곡의 히트곡을 가진 유명 가수이자, 누구나 아는 CM송(Commercial Song, 광고 노래)을 만들고 불렀으며, 유명 라디오 DJ, 방송 MC, 해외 유명 가수의 내한공연을 기획한 공연 기획자 등의 꿈을 이뤘다. 그리고 지금도 꿈을 이루기 위해 세상을 노래하고 있다. 그는 한국해비타트 이사장, 윤형주이다.

윤 이사장이 꿈에 대해 이야기할 때 빼놓지 않는 장면이 있다. 바로 2003년 카네기홀에서의 '가족 콘서트'다.

그는 가족과 함께 카네기홀의 메인 무대인 아이작스턴홀에 섰다. 2,800여 석의 공연장은 '비의 나그네', '조개껍질 묶어', '하얀 손수건' 같은 한국 가요에서부터 팝송과 재즈, 오페라 아리아까지 그들의 노래로 울려 퍼졌다. 윤 이사장의 가족과 60인조 오케스트라가 함께한 무대는 뜨거운 감동의 박수 속에서 막을 내렸다.

'가족 콘서트'라는 꿈은 약 10년 전부터 그가 품고 있던 오랜 소망이었다. 아이들이 자라면 가족과 함께 무대에 설 그날을 꿈꾼 윤 이사장은 부인과 함께 그 꿈을 이루기 위해 기도했다.

2001년, 마침내 그는 카네기홀에 대관 신청서를 냈다. 그러나 첫 회신은 정중한 거절이었다. 까다롭기로 유명한 명성 그대로, 가수 개인의 공연도 아닌 가족 콘서트를 메인 무대에서 열 수 없다는 것이 이유였다. 하지만 그는 포기하지 않았다.

'한 가족이 메인 무대에 선다는 것은 전례 없는 일이지만 다양한 장르의 음악이 한 가족의 결합으로 울려 퍼진다면 그 자체로 특별한 의미가 있지 않을까?'

그는 다시 신청서를 작성했다. 구체적인 공연 계획과 가족 콘서트의 의의를 적은 신청서를 보낸 지 몇 달 후, 회신이 도착했다.

설레는 마음으로 귀하 가족의 아름다운 공연을 기다리겠습니다.

신청서를 보낸 지 1년 반 만에, 그리고 무려 10여 년간 품어온 꿈이 이뤄지기 시작한 순간이었다.

2003년 7월까지 남은 시간은 1년. 그런데 두 딸은 해외에 있었고, 아들은 군 복무 중이었기에 가족 모두가 모이는 것부터 쉽지 않았다. 우선 각자 있는 곳에서 솔로곡을 연습하기 시작했고 전문가들의 도움을 받아 지휘자와 오케스트라 단원을 섭외했다.

공연을 두 달 앞두고, 윤 이사장의 가족은 미국에서 합숙 훈련에 들어갔다. 기타와 키보드를 잘 다루는 맏사위, 음악을 전공한 예비 사위, 어릴 적부터 기타를 연주해온 아들, 성악을 전공한 딸과 아내가 각자의 파트를 맡아 매일 함께 호흡을 맞춰갔다.

공연이 다가올수록 설렘과 불안이 교차했다. 머나먼 뉴욕에서 과

연 2,800여 석을 채울 수 있을까 하는 걱정이 앞섰다. 그러나 공연 당일, 걱정은 감동으로 바뀌었다. 공연 시작 2시간 전부터 대형 버스가 하나둘 도착하더니 시카고, 댈러스, 시애틀, 캐나다, 토론토에서 찾아온 교포들이 2,800여 석의 아이작스턴홀을 가득 메웠다.

"이 공연은 기적 같은 이벤트입니다."

미처 참석하지 못한 지미 카터 전 대통령은 윤 이사장의 가족에게 따뜻한 축하 메시지를 보냈다.

10여 년 만에 소중한 꿈을 이룬 윤 이사장과 그의 가족은 그 기쁨을 한국해비타트와 나누기로 했다. 공연 수익금은 당시 태풍으로 집을 잃은 가정의 새집을 건축하는 데 사용되었다. 또한 윤 이사장 가족은 강원도 삼척의 현장을 찾아 직접 봉사하기도 했다.

한국해비타트와 윤 이사장의 인연은 2000년으로 거슬러 올라간다. 그는 홍보이사로 활동하며 한국해비타트를 통해 이루고 싶은 꿈을 하나씩 실현해나갔다. 전남 광양군에 '평화를 여는 마을'을 건축할 때의 일이다. 건축 봉사를 마친 저녁, 윤 이사장은 즉석에서 '아이 러브 해비타트'라는 노래를 만들었다. 30분 만에 '사랑의 마음들 모여, 즐겁게 터를 닦고 아무것도 없던 곳에 사랑의 집 지어요'라는 가사가 담긴 노래가 완성됐고, 사람들은 다 함께 그 노래를 불렀다. 이후 '아이 러브 해비타트'는 한국해비타트를 상징하는 곡이 됐다.

윤 이사장에게 해비타트 운동은 이 세상이 살아갈 만한 가치가 있는 곳임을 깨닫고 다시 살아갈 용기를 얻는 과정이었다. 그가 해비타트 운동에 믿음을 갖게 된 것은, 10여 년 전 헌정식에서 들었던 어느 가장의 고백 때문이었다.

"가장으로서 책임을 다하지 못해 한때 삶을 저버릴까도 생각했지만, 한국해비타트를 통해 살아갈 만한 가치가 있다는 것을 깨닫게 됐습니다."

이 고백은 윤 이사장의 마음을 울렸고, 그 울림은 노래(참 아름다운 곳)로 다시 태어났다.

> 세상은 힘들기도 하지만 신나는 일이 많아 / 때로는 슬프기도 하지만 기쁜 일이 더 많아 / 나의 힘든 하루가 너에게 꿈을 줄 수 있다면 / 이 세상은 살아볼 만한 참 아름다운 곳이야

이 노래는 현재 어려움 속에 있는 이들에게 위로와 희망을 전하며 많은 사랑을 받고 있다.

2017년 5월, 윤 이사장은 하나님께서 시작하신 일을 끝까지 잘 섬기겠다는 마음으로 '청지기 선서'를 하며 한국해비타트 이사장으로 취임했다. 한국해비타트와 함께하는 시간 속에서 그는 수많은 꿈을

이뤄왔고, 또 새로운 꿈을 꾸고 있다.

최근 그의 꿈은 가족, 연인, 친구와 함께 참여할 수 있는 다양한 한국해비타트의 건축 프로그램을 만드는 것이다. 그의 꿈에는 참가 자들이 단순히 어려운 이웃을 위해 봉사하는 것에서 그치는 것이 아니라 건축 프로그램을 통해 자신의 삶을 돌아보고, 꿈을 찾으며, 서로의 꿈을 북돋아주길 바라는 마음이 담겨 있다.

"한국해비타트의 꿈은 누군가에게는 위로가 되고, 누군가에게는 치유가 되며, 또 누군가에게는 살아갈 힘이 될 것입니다."

더 많은 사람과 함께하기 위해, 더 많은 이들에게 꿈과 희망을 전하기 위해 그는 앞장서서 일하고 있다.

2003년 카네기홀에서의 가족 콘서트

## 한국해비타트의 고마운 손님, 지미 카터 전 대통령 ————————

JCWP 2001은 한국해비타트를 아는 모든 사람에게 많은 추억과 감동을 남긴 현장이었다. 윤 이사장은 가장 인상 깊은 인물로 지미 카터 전 대통령을 꼽았다.

JCWP 현장에서 만난 지미 카터 전 대통령의 모습은 현장 근로자 그 자체였다. 작업복을 입고, 만면에 웃음이 가득한 채 망치질을 하는 모습을 보고 있으면 마치 일 잘하는 이웃집 할아버지 같았다.

JCWP 2001 기간 중에 열린 기자간담회에서도 지미 카터 전 대통령은 작업복 그대로의 모습으로 기자들에게 질문을 받았다. 그렇게 화기애애하게 진행되던 기자간담회는 한 기자의 질문으로 인해 한순간에 분위기가 바뀌었다.

"당신의 인생에서 백악관에서의 4년을 빼버리고 싶지 않습니까?"

집이 없는 어려운 이웃을 돕겠다고 타국을 찾은 손님에게 결례나 다름없는 질문을 하다니…. 모두가 순식간에 가라앉은 분위기를 걱정했지만, 마이크 앞에 앉은 지미 카터 전 대통령은 평온한 얼굴로 차분하게 입을 열었다.

"하나님이 나를 미국의 대통령으로 세워주신 것은 대통령으로 사용하시기보다 대통령 이후의 나를 사용하시기 위해서입니다."

이 한마디로 인해 기자간담회의 분위기는 숙연해졌다.

윤 이사장은 미국 전 대통령이라는 사실이 믿기지 않을 정도로 인자하고 겸손한 그의 모습에 감탄했다. 기자간담회 이후 충남 아산 '화합의 마을' 건축 현장에서 다시 만난 지미 카터 전 대통령은 로잘린 카터 여사가 건네준 못을 망치로 박고 있었다.

지미 카터 전 대통령의 망치질은 '최고의 망치질'이라 해도 손색이 없을 만큼 능숙하고 훌륭했다. 보통 한두 번의 가벼운 망치질로 못을 고정한 후 제대로 힘이 실린 망치질을 하는 경우가 많은데, 그는 처음부터 풀 스윙(Full Swing)이었다. 한 번의 망치질로 못을 박아나갔고, 실수란 없었다.

지미 카터 전 대통령은 흔히 말하는 '체면치레'가 없었다. 기자들이 사진 요청을 하면 사양했지만 자원봉사자와 홈오너 가족에게는 항상 친절하고 따뜻했다. 그들 앞에서 환하게 웃는 그의 모습이 아직도 눈에 선하다. 그는 한국해비타트의 30년이라는 시간 가운데 깊은 감동과 잊지 못할 추억을 남긴 고마운 손님이었다.

# 지붕 없는
# 하루

유엔은 주거권이 인간의 기본권임을 인식시키기 위해 매해 10월 첫째 주 월요일을 '세계 주거의 날(World Habitat Day)'로 제정했다. 한국해비타트는 이날을 기념하기 위해 2008년에 '지붕 없는 하루' 행사를 개최했다.

2008년 '세계 주거의 날'은 10월 6일이었다. 한국해비타트는 그 전주 금요일인 10월 3일부터 한양대학교 운동장에서 1박 2일간 '지붕 없는 하루', 즉 집 없는 삶을 체험하는 행사를 진행했다.

이 행사는 싱가포르해비타트의 'Under No Roof'에서 영감을 받아 기획되었다. 싱가포르해비타트에서 매년 청소년들을 대상으로

참가자들이 골판지 등으로 직접 집을 지어, 그 안에서 하룻밤을 보냈다.

집이 없는 사람들의 고통을 체험하고 무주택 가정을 돕는 해비타트 운동의 필요성을 홍보하기 위한 행사를 진행하고 있었기 때문이다.

한국해비타트는 '지붕 없는 하루' 행사를 통해 '세계 주거의 날'을 알리고, 열악한 주거환경에 놓인 이웃들의 삶을 체험함으로써 모든 사람이 안락한 보금자리를 갖는 따뜻한 세상을 만들어가자는 목표를 세웠다.

밤이 깊어지자, 참가자들은 조별로 주어진 재료(골판지, 지관 등)로 하룻밤을 보낼 집을 짓기 시작했다.

10월의 청명한 가을밤이었으나 날이 어두워지자 기온이 급격하게 떨어졌다. 그래도 참가자들은 직접 지은 집에서 뜻깊은 하룻밤을 보냈다. 1,000여 명의 참가자들은 "생각했던 것보다 훨씬 힘든 밤이었습니다."라고 입을 모았다. 이번 행사 덕분에 집이 없어 고통받는 사람들의 마음을 좀 더 깊이 이해할 수 있었다고도 했다.

다음 날 준비된 행사는 '세계 평화 벽화 그리기'였다. 당시 유네스코에서는 인류의 화합과 번영을 위해 전 세계적으로 '세계 평화 벽화 그리기' 프로젝트를 진행하고 있었다. 각 국가에서 만든 벽화를 기증받아 세계 평화의 날인 9월 21일에 이집트 피라미드에 설치할 예정이었다. 한국해비타트도 '지붕 없는 하루' 행사를 통해 참가자들과 세계 평화 벽화 그리기에 동참했다. 참가자들은 그림을 그리며 '평화'라는 주제에 대해 고민해 보고, 자유롭게 표현하는 시간을 가졌다.

'지붕 없는 하루' 행사 이후 많은 시간이 흐른 지금, 전 세계의 주거환경은 얼마나 달라졌을까?

안타깝게도 기후 변화와 환경 재앙의 영향으로 인해 전 세계의 주거 취약계층 상황은 여전히 개선되지 못하고 있다. 우리나라도 마찬가지다. 한국해비타트가 현장에서 체감하는 주거 취약계층의 환경 역시 매우 열악한 실정이다. 특히 코로나 이후 주거 취약계층 중에서도 주거 빈곤 아동 수가 많이 늘어나고 있다.

'평화'라는 주제에 맞춰 그림을 그리고 있는 참가자들

불안전한 주거환경에 사는 아동을 돕기 위해 한국해비타트는 '내 소원은 평범한 집' 캠페인을 진행하고 있다. 습기와 누수, 곰팡이에 노출된 환경에서 지내는 아동들에게 조금이라도 안전하고 쾌적한 공간을 제공하고자 (2024년 기준) 2만 명 이상의 목소리를 모아 새로운 집을 지어주고, 침수와 누수 위험이 있는 반지하 가정에 개보수 작업을 진행했다. 더 많은 주거 취약계층, 그리고 아동이 안락한 집을 갖는 그날까지, 한국해비타트는 후원자들과 함께 희망을 이어갈 것이다.

# 우리 집은
# 울릉도

2012년 2월, 한국해비타트에 한 통의 전화가 걸려왔다.

"여기 MBC인데요. 울릉도에 집을 지으려고 하는데 함께해주실
수 있을까요?"

전화를 받은 직원은 약간 어리둥절했다. 왜 갑자기 울릉도에 집
을 짓자고 하는 것일까?

울릉도는 독도의 이웃 섬이자 아름다운 자연경관을 가진 곳으로
잘 알려져 있다. 그러나 울릉도에는 경작지가 많지 않아 주민들은
오래전부터 바다에서 나는 수산물과 산에서 나는 산나물을 주 수입
원으로 살고 있었다.

그런데 2000년대 접어들어 독도 영유권 문제가 사회 이슈로 떠오르면서 울릉도와 독도에 관심을 두는 국민이 많아졌다. 이로 인해 자연스럽게 관광객이 늘어났다. 주민이 1만 명 정도인 울릉도에 관광객이 한 달에 몇만 명씩 찾아올 정도였다.

울릉도에 대한 관심 증가가 긍정적이지만은 않았다. 관광객들이 몰려오기 시작하자 금세 숙박 시설이 부족해졌다.

울릉도는 해상 거리로만 강릉에서 178킬로미터, 포항과는 217킬로미터 떨어져 있어 물자가 귀하고 비싸다. 건축 자재는 더 심각하다. 서울에서 건축 자재를 이송할 경우 육로와 해상 경로를 합쳐 600여 킬로미터를 운반해야 한다. 그러나 해상 경로는 날씨에 크게 영향을 받기 때문에 재료비보다 운송비가 더 드는 경우도 있다.

건축이 시작되면 날씨에 더 큰 영향을 받는다. 기본적으로 눈과 비가 많은 곳이다 보니 12월부터 3월까지는 공사가 어렵다. 여름에는 장마철이 끼면 한 달 정도 공사가 중단되는데, 이는 그대로 건축비 상승으로 이어진다. 이런 이유로 2010년 LH에서 울릉도에 임대주택 71세대를 짓는 데 108억 원이라는 엄청난 비용이 들어갔다. 일반적인 건축비의 3배에 달했다.

이처럼 건축 비용이 많이 들다 보니 주민들은 숙박 시설을 늘릴 엄두를 내지 못했다. 그러는 사이 몰려오는 관광객을 대상으로 한

민박집이 꽤 수익이 난다는 소문에 월세방들이 민박집으로 전환되기 시작했다. 자연스레 방이 줄어들면서 그나마 남아 있는 숙박 시설의 월세가 치솟았다.

울릉도의 무주택 주민들에게는 매우 심각한 상황이었다. 특히 주거 취약계층은 치솟은 월세를 감당할 수 없어 집을 구하는 것이 하늘의 별 따기가 됐다. 그렇다고 살던 곳을 버리고 육지로 나갈 수도 없어 점점 더 열악한 주거지를 선택할 수밖에 없었다.

"울릉도의 주거문제가 심각한데 육지에서 멀리 떨어져 있어 관심을 받지 못하고 있습니다. 한국해비타트에서 집 짓기 프로젝트를 주관해주시면 MBC에서도 방송 캠페인으로 지원하겠습니다."

한국해비타트의 건축 담당자들은 곧바로 울릉도로 향했다. 매서운 3월의 봄바람을 맞으며 울릉군청 주거 담당 공무원과 주거 취약계층의 집들을 돌아보기 시작했다. 도시보다 훨씬 더 열악한 상황을 보니 한숨이 절로 나왔다.

화산섬 중턱에 사는 한 독거노인은 곰팡이 가득한 흙벽 집, 난방이 제대로 되지 않는 집에서 지내고 있었다. 부엌으로 쓰는 공간은 위생 상태가 심각했고, 무엇보다 화장실이 없어 500미터 아래에 있는 공동화장실을 이용해야만 했다.

"저는 다른 건 바라지 않아요. 화장실만 있으면 됩니다. 그것뿐이

울릉도 현장에서 조립만 하면 되도록 스틸형 모듈러주택을 만들고 있다.

에요."

이처럼 심각한 상황을 확인한 한국해비타트는 울릉군청 담당자들과 프로젝트의 진행 방향을 논의했다.

가장 큰 난관은 비용이었다. 한국해비타트에서 후원한다고 해도 10억 원이 훌쩍 넘는 건축 비용을 모두 감당할 수 없었다. 한국해비타트는 후원사 모집에 나섰고, 다행히 KB국민은행에서 2년에 걸쳐 12억 원을 후원해주겠다는 약속을 받았다. 여기에 2004년부터 울릉도에 거주해 온 가수 이장희 씨가 홍보대사로 위촉되면서 프로젝트는 속도를 내기 시작했다. MBC 사회공헌 프로그램 〈나누면 행복〉과 여러 언론사를 통해 '우리 집은 울릉도' 프로젝트가 알려지자 후원의 손길이 모이기 시작했다.

하지만 건축에는 여전히 여러 난관이 남아 있었다. 울릉군에서 제공한 토지는 북향 경사지라 채광과 조망을 동시에 만족시키기 어려웠고, 초기 설계로 계획했던 테라스형 목구조주택은 눈과 비가 잦은 울릉도의 환경에 적합하지 않았다. 시행팀은 단열 및 외장문제와 공사비 절감을 위해 여러 차례 설계를 보완했고, 최종적으로 남향 3층 구조에 독거노인 20세대가 거주할 수 있는 스틸형 모듈러주택 공법을 채택했다.

스틸형 모듈러주택의 경우 기본 골격은 경량형강(아연도금)으로 제작된다. 공장에서 집 한 세대에 들어가는 구조체, 설비 배관, 전기 배선, 조명 등 공정의 80% 이상을 진행한 뒤 현장까지 운반한 다음, 현장에서 조립해 쌓거나 연결하는 방식으로 마무리하면 끝이다. 재료 수급, 계절의 영향 등으로 인한 건축비 상승을 크게 걱정하지 않아도 되니 운송만 제대로 이뤄진다면 건축비 절감에 큰 효과가 있다. 일종의 조립식 건축인데, 지금은 많이 알려진 방식이지만 2012년 당시만 해도 생소한 방식이었다.

주택을 만드는 것도 일이지만 이 프로젝트에서는 운반이 문제였다. 포스코A&C 천안공장에서 만든 스틸형 모듈러주택이 울릉도에 도착하려면 육로만 320킬로미터, 해상 운송으로는 310킬로미터를 가야 했다. 해상 운송의 경우 주택과 기타 자재를 운반해야 해서 3,500톤급 대형 바지선이 필요한데 암초가 많은 울릉도의 험한 환경 탓에 대형 바지선의 입항이 쉽지 않았다. 특히 겨울철에는 바람과 높은 파도로 인해 운항이 중단되기도 했다. 그래서 조립된 집들을 울릉도에 운반하기까지 4개월이 소요됐다.

또한 울릉도 내 육지 운송도 만만치 않았다. 모듈러주택 유닛 20개 외에도 100톤 크레인까지 옮겨야 했는데, 노후된 교량이 이 무게를 견딜 수 있을지 불확실했다. 긴급히 교량 아래에 철근 받침(서포터)을 세워 하중을 분산시키고, 교량 상부에 철판을 깔아 겨우 마칠 수

집 짓기만큼 힘들었던 운송 과정

있었다.

많은 사람의 노력 끝에 '우리 집은 울릉도' 프로젝트는 15억 원의 사업비와 2년여의 공사 기간을 거쳐 2014년 7월에 마무리됐다. 한국 해비타트가 울릉군에 3층 주택을 기부채납 하면서, 울릉군에서 건물 관리를 맡기로 했다.

7월, 20세대의 홈오너들은 마을 주민들과 후원기업 관계자, 자원봉사자들, 한국해비타트 직원들의 축하를 받으며 새집에 입주했다. 집은 방 하나와 주방, 화장실로 구성된 원룸형 구조로, 고령의 홈오너를 배려해 화장실 문을 미닫이로 제작했다.

헌정식이 끝난 다음 날까지 따뜻한 감동은 이어졌다. 물건을 두고 온 한 직원이 현장을 다시 찾았을 때 한 할머니가 "모처럼 편하게 잠을 잘 잤어, 고마워."라며 손을 잡아줬다. 직원은 눈물 가득한 눈으로 할머니의 손을 맞잡았다. 오랜 시간 동안 프로젝트를 위해 애쓴 직원에게 이보다 더 큰 보상은 없었다.

한국해비타트가 울릉도에 지은 주택

# 꿈꾸는
# 다락방

최근 몇 년 사이에 전셋값과 월세가 가파르게 오르면서 청년, 특히 대학생들이 방을 구하기가 점점 어려워지고 있다. 저렴한 월세에 아늑한 집을 찾기가 현실적으로 쉽지 않다 보니, 여전히 지옥고[지하(반지하)·옥탑방·고시원]라는 단어가 젊은 세대의 주거 상태를 상징하는 말로 남아 있다.

이러한 청년들에게 '꿈의 주택'이라 불리는 곳이 있다. 바로 '서대문구 천연동 꿈꾸는 다락방(이하 '꿈꾸는 다락방')'이다. 서울 서대문구 9개 대학의 학생들이 이용할 수 있는 이곳은 공영주차장 부지를 활용해 1층과 지하는 주차장, 2층부터 4층까지는 총 48명의 청년을 위한 임대주택으로 마련됐다.

꿈꾸는 다락방이 청년들에게 꿈의 주택으로 불리는 이유는 착한 임대료 때문이다. 지옥고에서 벗어날 수 있을 뿐만 아니라 (2014년 당시에는) 보증금 100만 원에 월 5만 원(2인 1실 기준)이라는 임대료로 큰 부담 없이 이용할 수 있다.

이곳은 2014년 한국해비타트 서울지회와 서대문구의 협력으로 탄생되었으며, 청년들의 주거 부담을 덜어주는 동시에 지역 사회를 위한 선순환의 장이 됐다.

2001년에 설립된 한국해비타트 서울지회는 그 이전부터 다양한 활약상을 보여 왔다. 설립 2년 전인 1999년 서울 종로구 창신동에 주택 6세대를 건축했고, 그해 필리핀에서 열린 JCWP 1999에도 참여해 해비타트 운동을 체험했다. 2000년에는 전남 광양의 '평화를 여는 마을' 현장에도 참여했다.

2001년 12월 설립총회에서 선출된 초대 이사장은 연세대학교 건축학과에서 40년간 학생들을 가르친 이경회 교수였다. 정 이사장의 설득과 추천이 동기가 되어 이 교수는 곧바로 지회 설립 준비를 시작했고, 2년여 만에 설립총회를 열게 됐다.

"처음 권유를 받고 부끄러운 생각이 먼저 들었습니다. 명색이 건축인이고 건축을 가르치는 학자인데 건축을 통해 사회봉사를 하는 해비타트 활동을 모른 척 지나칠 수가 없었습니다."

본격적인 집 짓기는 2003년 6월 경기도 파주시 맥금동에 2개 동 8세대 건축으로 시작됐다. 서울보다 저렴한 부지를 찾다 보니 파주에 건축하게 됐지만, 인근 지역 미군 부대 장병들과 가족들, 그리고 많은 자원봉사자가 참여해 서울, 경기권에 한국해비타트 서울지회의 설립은 물론 해비타트 운동의 의의를 널리 알리는 계기가 됐다.

서울지회의 오랜 바람은 서울에 해비타트 주택을 짓는 것이었다. 2005년 은평구 역촌동에 5세대 규모의 해비타트빌을 건축하는 두 번째 사업을 통해 그 가능성을 확인했지만, 비싼 땅값 때문에 서울에 주택 건축이 쉽지 않다는 현실적 한계를 느꼈다. 서울지회는 해비타트 운동을 지속할 새로운 사업의 필요성에 절감했다.

정 이사장은 이경회 이사장에게 '집 고치기' 프로그램을 제안했다. 경제적으로 어려운 가정의 열악한 주거환경을 개선해 주는 사업이 필요하다는 판단이었다. 마침 서울시에서 '서울형(S-Habitat) 집수리 사업'의 협력단체를 구하고 있었는데, 한국해비타트 서울지회는 2005년에 민관협력 사업으로 집 고치기 사업을 시작해 9년 만인 2013년에 1,000세대가 넘는 가정을 지원하게 됐다.

한편, 2011년 '서울지회 설립 10주년'을 기념하는 자리에서 이경회 이사장은 사회적 기여가 가능한 다양한 방안을 찾겠다고 약속했다.

그때까지만 해도 한국해비타트의 사업은 집을 고치거나 지어주는 것으로, 가정과 마을의 기능 회복에 집중되어 있었는데, 이경회 이사장은 청년, 그중에서도 서울에 있는 대학교에 다니기 위해 지방에서 올라온 대학생에게 관심을 두게 됐다.

사실 학생들의 주거문제는 사회적으로 큰 문제였지만, 그 누구도 쉽게 관여하지 않았다. 그 사이 많은 대학생들이 비싼 월세 때문에 강의실에 있는 시간보다 아르바이트하는 시간이 더 많을 만큼 심각한 상황에 처해 있었다. '지옥고'라는 말이 괜히 생긴 게 아니었다.

마침 9개 대학교가 밀집해 있는 국내 대학생 밀집도 1위 지역인 서대문구도 같은 문제를 고민하고 있었다. 서대문구는 천연동에 대학생들을 위한 임대주택 건설을 계획하고 한국해비타트의 문을 두드렸다. 주차장 부지를 활용한 대학생 임대주택 건설안은 모두에게 환영받았다. 주민들을 위해 사용하던 공용주차장 부지를 활용해 4층짜리 건물을 건축하기로 했다.

2014년 3월 31일, 봄기운이 완연한 날씨에 서대문구 천연동에서 '한국해비타트 서울지회와 함께하는 서대문구 천연동 꿈꾸는 다락방' 준공식이 열렸다. 새로 지은 집답게 내부가 깔끔했고, 각 방에는 화장실과 주방시설을 설치해 생활에 불편함이 없었다. 입주 기간은 2년이고 재학생은 4년까지 연장할 수 있었다.

'꿈꾸는 다락방'의 전경과 입구 모습

'꿈꾸는 다락방'의 내부 모습, 생활에 불편함이 없게 구성되어 있다.

입주 조건 중 하나는 입주한 학생이 서대문구 내 저소득가정의 청소년들을 위한 멘토링에 참여해야 한다는 것이었다. 멘토링에는 학습지도뿐만 아니라 진로 상담 등도 포함됐다.

멘토링이 시작된 지 얼마 지나지 않아 학습의 기회가 부족한 저소득가정의 청소년들에게 매우 효과적이라는 평가가 이어졌다. 멘토링으로 만났던 청소년과 멘토링 기간이 끝난 후에도 꾸준히 연락하고 있다며, 자신이 누군가에게 좋은 영향력을 끼쳤다는 것에 대해 큰 보람을 느낀다는 대학생의 이야기도 전해졌다.

'꿈꾸는 다락방'과 같은 청년 임대주택은 주거문제로 어려움을 겪는 대학생들을 지원하고, 그 지원을 받은 대학생들이 멘토링을 통해 지역 사회에 공헌하면서 지역 사회도 활력을 찾는 계기가 됐다. 집으로 인해 사회에 하나의 선순환 시스템이 생긴 것이다. 한국해비타트는 이런 선순환 시스템을 곳곳에 만들어 우리 사회가 좀 더 밝아지기를 기대하고 있다.

# 도움에는
# 국적도
# 상관없다

10여 년 전만 해도 우리나라에서는 사회적 약자로 어린이, 노인, 장애인을 꼽았고, 주거 문제 등 도움이 필요한 대상도 이들로 한정됐다. 하지만 언제부턴가 이주노동자, 이주여성도 사회적 약자로 봐야 한다는 목소리에 힘이 실렸다. 그도 그럴 것이 우리나라에 체류 중인 외국인이 주민등록인구의 4%에 이를 정도가 됐기 때문이다.

그러나 상당수 이주노동자는 여전히 안정된 거주공간을 확보하지 못한 실정이다. 한 연구원 보고서에 따르면, 40%가 넘는 이주노동자가 불법 가건물 등에 거주하고 있으며, 특히 직장을 잃으면 더 큰 주거문제가 발생했다. 고용주의 숙소에서 나온 이주노동자는 당

충남외국인쉼터의 전경과 내부 모습

장 지낼 곳이 사라지니 어쩔 수 없이 지인의 집을 전전하거나 찜질방이나 무보증 월세방을 찾아간다. 이런 열악한 환경은 건강을 해치기도 한다.

한국해비타트는 이주노동자의 주거 실태를 파악하고, 주거문제를 해결하기 위한 방안들을 모색해 나갔다. 그 일환 중 하나가 실직 등으로 갈 곳이 없어진 외국인 노동자들에게 주거비 부담 없이 숙식

을 해결하도록 지어진 천안의 충남광역외국인근로자쉼터(이하 '충남
외국인쉼터')다.

한국해비타트의 충남세종지회는 천안의 한 교회에서 부지를 제
공할 수 있다는 소식을 듣고 외국인 근로자들을 위한 공간을 만들
기로 했다. 가장 먼저 해결해야 할 문제는 5억 원이 넘는 건축비 마
련이었다. 한 번에 큰돈이 들어가다 보니 기존 후원금만으로는 무리
가 있었다. 기업 후원을 유치하기 위해 백방으로 뛰어다닌 끝에 KB
국민은행에서 기탁 의사를 밝혀와 사업비를 마련할 수 있었다.

6개월간의 공사와 자원봉사자들의 손길로 2018년 4월에 약 125
평의 부지에 지상 2층 규모의 충남외국인쉼터가 준공됐다. 드디어
천안에 외국인 근로자들을 위한 공간이 마련된 것이다.

충남외국인쉼터는 2인 1실로 구성된 방에 화장실까지 있어 사생
활이 보호되었으며, 1층은 이주노동자들이 직접 음식을 만들어 먹
을 수 있는 넓은 주방을 갖췄다. 약 60명을 수용할 수 있었는데, 준
공과 동시에 만실이 됐다. 한국해비타트는 준공과 함께 건물을 기
독교대한감리회사회복지재단에 기증했고, 충청남도에서 쉼터의 안
정적인 운영을 위해 매년 운영비를 지원하고 있다.

특히 코로나로 인해 사업장들이 문을 닫았을 때 충남외국인쉼터
는 이주노동자들에게 큰 위로가 됐다. 고국으로 돌아가지 못하는

원오사쉼터 헌정식

상황에서 같은 나라 사람을 만나 서로 고향 음식을 나누며 불안함
을 덜어낼 수 있는 공간이었다.

한국해비타트는 이주여성을 위한 쉼터 사업도 진행했다. 그중 하
나가 '원오사쉼터'다. 한국에 있는 베트남인을 위해 한국해비타트
충남세종지회에서 진행해 2022년 10월에 문을 열었다. 베트남에서
다양한 사업을 진행하고 있는 대우건설이 재한 베트남인 지원 사업
의 하나로 후원했다.

한국해비타트는 이주노동자의 주거문제를 해결하는 과정에서 우
리 사회가 포용적 사회로 나아가기를 기대하고 있다. 우리나라 역시

6.25 전쟁 이후 전 세계 61개 국가로부터 많은 도움을 받아 성장할 수 있었다. 또한 1960~1970년대 어려운 경제 상황 속에서 많은 한국 광부와 간호사들이 독일에서 벌어온 달러로 경제 개발을 이뤄낸 기억도 있다. 그런 우리에게 이주노동자는 반세기 전 우리를 도와줬던 이웃이자, 과거 어려웠던 시기의 우리를 상기시키는 거울이다. 이제 우리가 그들의 열악한 주거환경을 함께 고민하고 해결해 주어야 할 차례다.

# 도시
# 혁신
# 스쿨

'도시'라는 단어를 떠올리면 고층 건물에 멋진 아파트와 화려한 교통망을 떠올리지만, 많은 구도심은 인구 감소와 낙후된 시설, 공동체의 붕괴로 어려움을 겪고 있다. 이러한 문제는 거주민들의 정서적, 경제적 어려움으로도 연결된다. 이를 해결하기 위한 한국해비타트의 노력 중 하나가 '도시혁신스쿨' 프로젝트다.

'도시혁신스쿨'은 '도시혁신'에 '스쿨'이 더해진 합성어다. '도시혁신'은 다양한 사회혁신 주체가 함께 도시문제를 해결하는 과정을, '스쿨'은 이 과정에서 청년들이 도시혁신을 체험하고 미래 인재로 성장하도록 돕는 시스템을 의미한다. 쉽게 말해, '도시 재생 사업'과

'도시혁신 인재 양성'을 결합한 프로젝트다.

한국해비타트가 기획 및 진행하고 있는 도시혁신스쿨은 4개 기관 (한국해비타트, 대학교, 지방자치단체, 민간기업)의 민관학 협력 공동 프로젝트로 2020년에 출발했다.

첫 프로젝트는 의정부 신흥마을에서 '다 함께 다 같이 신흥마을 만들기'였다. 서울여자대학교 바롬종합설계프로젝트 수업에 참여한 학생들은 두 학기 동안 신흥마을을 방문하기로 했다. '신흥마을의 활성화'라는 목적을 이루기 위해 3가지 세부 목표(마을 브랜딩, 공동체 강화, 마을 기업 설립)를 세우고 신흥마을 주민들과 함께하는 활동을 기획하고 전개했다. 또한 한국해비타트가 수행하는 새뜰마을 사업(민관협력형 노후 주택 개선 사업)의 일환인 주거환경 개선 봉사활동에 참여했다.

안타깝게도 코로나 때문에 하반기에 계획했던 프로그램은 무산됐지만, 마을 주민들은 도시혁신스쿨을 통해 마을 구성원들의 동질감을 회복하고 마을의 문제와 해결점을 짚어가는 시간을 가질 수 있었다는 소감을 전했다.

'다 함께 다 같이 신흥마을 만들기'는 예상 밖의 결과물을 만들기

· '도시혁신스쿨'의 전 명칭이다.

도 했다. 도시혁신스쿨에 참여한 김담이 학생이 마을 주민들과의 인터뷰와 사진을 바탕으로 만든 《신흥마을 이야기》라는 소책자가 그러하다. 연차보고서도 아니고 사업 결과보고서도 아닌 《신흥마을 이야기》는 한국해비타트의 이례적인 출판물이다. 도시혁신스쿨이 간직해야 할 '프로젝트의 시작점'을 잘 설명해주는 이 소책자를 통해 많은 사람이 도시혁신스쿨의 의의를 잘 이해할 수 있게 됐다.

"도시혁신스쿨이 단순히 낡은 마을을 고쳐 새것으로 만들고, 주민들이 경제적 여유를 확보할 수 있게 하는 사업에 그쳐서는 안 됩니다. 마을 안에 사는 주민들과 어울려 지속 가능한 유대와 발전을 도모해야 합니다. 분명히 존재했지만 우리가 잊고 지낸 마을공동체의 활성화를 위해 도시혁신스쿨이 해야 할 일이 많이 남아 있습니다."

《신흥마을 이야기》의 탄생 이야기를 전하는 것은 도시혁신스쿨의 담당자들에게 또 하나의 즐거움이다.

김담이 학생은 신흥마을에서 '마을 기업' 파트를 기획하고 실행방안을 탐구하기로 했었다. 그러나 코로나로 인해 추진하기 힘들어졌고, 주민들의 참여를 끌어내는 데 어려움이 있었다. 게다가 외부인이 찾아오지 않는 상황이다 보니 마을 기업의 운영이 쉽지 않아 보였다. 현실을 냉철하게 파악한 김담이 학생은 도시혁신스쿨의 취지에 맞게 마을 주민들이 진정 원하는 것을 확인하고, 그것을 통해 마을

재생을 실현하는 길을 찾아보기로 했다.

"신흥마을이 어떻게 변했으면 하세요?"

"이웃 간에 정이 있는 거, 그게 제일 중요해."

주민들의 대답은 하나같았다. 김담이 학생은 신흥마을의 지난날을 공부하면서 그 이유를 알게 됐다. 정을 나누며 살던 마을은 재개발 등의 이슈로 인해 일부 주민들 간에 갈등이 생기면서 점점 감정의 골이 깊어졌다. 하지만 재개발이 끝내 무산되면서 이후 마을은 조금씩 낙후되어 사람들의 발길이 줄어들었다. 그렇게 시간이 흘렀다. 마을 주민들은 예전의 정을 나누던 그때를 계속 그리워하고 있었다.

주민들이 필요로 하는 것은 소통이었다. 주민들은 쾌적한 환경, 더 좋은 집을 갖는 것보다 사람 사는 '정(情)'이 넘치는 마을에서 살고 싶다고 했다.

예전처럼 대문을 열고 대화를 시작하기 위해서는 무엇보다 서로에 대한 이해가 필요했다. 김담이 학생은 이 숙제를 해결하기 위해 '신흥마을만의 콘텐츠'를 만들기로 결심했다. 오랫동안 마을을 지켜온 주민들의 이야기를 수집해 전달함으로써 신흥마을에 너무 익숙하고 가까워서 하마터면 지나쳐버릴 뻔했던 우리의 이웃이 있음을 알려주고자 한 것이다. 김담이 학생은 신흥마을을 오랫동안 지켜온

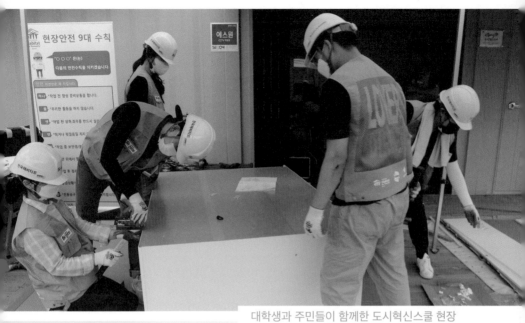

대학생과 주민들이 함께한 도시혁신스쿨 현장

주민들을 차례로 만나 인터뷰를 진행했다. 인터뷰 내용을 글로 정리하는 동시에 신흥마을의 풍경을 사진으로도 담았다. 그렇게 애정과 열정을 쏟아부은 끝에 《신흥마을 이야기》가 세상에 나오게 됐다.

2020년 신흥마을 이후로 도시혁신스쿨은 2021년에는 전주와 부산에서, 2022년에는 창원에서, 2023년에는 인천에서, 2024년에는 대구에서 진행됐다.

대학생뿐만 아니라 10~15명의 지역 주민이 참여해 기획과 운영을 함께한 결과, 주민설명회에서 나온 의견을 대부분 반영해 주민들의 생활에 도움을 줄 수 있는 다양한 결과물로 만들 수 있었다.

2021년 전주 도토리골에는 주민들이 소통하며 쉴 수 있는 '옹기종기쉼터'가 만들어졌고, 2021년 부산 밭개마을에서는 골목길 환경개선이 진행됐으며 마을 사업에 활용할 수 있는 캐릭터도 개발됐다. 2022년 창원 신월지구에서는 공유지와 골목길 환경 개선이 진행됐고, 2023년 인천 남촌동에는 지역 주민들의 문화생활을 위한 어린이도서관이 준공됐다. 2024년 대구 복현 1동에서는 빈집을 마을 주민들과 인근 경북대 청년들이 이용할 수 있는 커뮤니티 공간으로 탈바꿈시켜 마을 주민들이 직접 운영할 수 있는 식당 및 카페의 메뉴를 개발하는 등 지속 가능한 마을공동체 활성화를 위해 노력했다.

각각의 사업들은 대학생들의 적극적인 참여 덕분에 가능했다.

2021년부터 사업이 수행되는 지역 인근에 있는 대학교에 협조를 구해 '거점대학교'를 지정하기 시작하자, 대학생들의 참여가 더욱 늘어났다. 2024년에 이르러서는 고려대, 연세대, 이화여대 등 11개 대학의 학생들이 참여하는 명실상부한 민관학 협력 사업으로 성장했다. 이러한 과정을 통해 도시혁신스쿨은 대학생들과 주민들이 함께 도시와 주거지를 개선해 지역 주민들의 삶의 질까지 향상시키는 변화를 만들어내고 있다.

창원시 신월지구 프로젝트에 참여했던 한 대학생은 마을 주민으로부터 "지난 50년간 아무도 우리에게 관심을 주지 않았습니다."라는 이야기를 들었다고 한다. 이 한마디는 변화란 이웃에 대한 관심에서 시작된다는 것을 깨닫게 해주었다.

작은 관심에 변화를 시도하려는 노력이 더해진다면 그 지역의 오래된 문제를 해결할 답을 찾을 수 있다. 한국해비타트의 도시혁신스쿨은 하나의 모델이 되어 그 답을 찾아가고 있다. '인구 소멸', '마을 소멸'과 같은 말이 사라지는 그날까지 도시혁신스쿨은 포기하지 않고 나아갈 것이다.

# 희망을 짓고
# 고치는
# 청춘의
# 한 페이지

청춘(靑春)은 인생의 '푸른 봄', 모든 가능성과 기회의 문이 열리는 순간이다.

여기, 자신의 청춘을 뜻깊게 보냈다고 자신하는 한 학생이 있다. 2019년 고려대학교 CCYP 동아리 '고집'의 회장이었던 권진하 학생이다.

"다른 사람을 돕는 경험을 통해 덤으로 나의 성장과 행복을 얻을 수 있는 활동을 했어요."

그녀는 인생에서 가장 행복했던 기억으로 동아리 부원들과 함께 수혜자 할머니, 할아버지들과 마음을 나누었던 순간을 꼽았다. 그녀는 후배들에게도 '진정한 행복'을 경험하라고 조언한다. 이타주의에 뿌리를 둔 행복이 진정한 행복이었다는 그녀의 깨달음이 후배들에게도 잘 전해졌으면 하는 마음 때문이다.

CCYP는 'Campus Chapters & Youth Program'의 약자로, 해비타트 운동의 가치를 지지하는 대학생과 고등학생들의 동아리다. CCYP 학생들은 자발적으로 교육, 캠페인, 건축 봉사 등을 진행하며 활발하게 네트워크를 구축하고 있다.

2023년, 한양대 CCYP(한양대 해비타트 동아리)는 학교 근처에 방치된 빈집을 개선하는 '공유 동방' 프로그램을 진행했다. 그 시작은 한양대 인근 도시재생현장지원센터의 청년 창업가 모임이었다. 청년 창업가들은 동네의 빈집을 청년들이 사용할 수 있는 곳으로 활용하자는 아이디어와 실내 디자인을 제안했다.

당시 한양대 CCYP 회장이었던 신유진 학생은 동아리 부원들과 함께 빈집을 찾아가 상태를 살펴봤다. 철근 콘크리트로 지어진 오래된 주택은 전기와 수도를 오랫동안 쓰지 않아 사용할 수 없었다. 하지만 빈집의 위치와 구조가 좋아 잘 고치기만 하면 활용도가 높겠다고 생각했다.

신유진 학생과 부원들은 회의 끝에 이 빈집을 동아리실이 없는 동아리와 소모임을 위한 공간으로 활용하자는 아이디어를 떠올렸고,

곧바로 빈집 개조 프로젝트팀을 꾸렸다. 학생들은 직접 디자인과 내부 수리를 진행했다. 아직 전기선이 고쳐지지 않은 빈집에 핸드폰 플래시 불빛을 비춰가며 페인트칠을 하고 내부 정리를 했다. 주문한 가구는 직접 조립해 배치했다. 일이 어느 정도 마무리되자 전기 기사를 불러 전기선을 교체하고 조명을 설치했다.

"저희가 조명을 설치하고 처음 스위치를 켰는데요, 불을 처음 발견한 인류처럼 환호했어요."

동아리 부원들은 기쁨과 안도 속에 페인트칠 된 공간을 확인했다. 코로나로 인해 비대면 시기에 만들어진 공간이라 더 값진 성과였다. 이후 청년 창업가들과 함께 정식으로 문을 연 '공유 동방'은 처음의 취지 그대로 동아리실이 없는 동아리나 주변 학교 학생들과 지역 주민들의 소모임 장소로 자리 잡았다.

한국해비타트는 연례행사로 여러 학교 CCYP가 함께하는 프로그램을 지원한다. 대표적으로 DIY 페스티벌, 세계 주거의 날과 국제 자원봉사자의 날 기념 활동, 연합 캠프 등이 있다.

(사례를 들자면) 2023년 10월 첫째 주 월요일, CCYP는 '세계 주거의 날'을 맞아 체험 부스를 운영했다. 양말목 공예, 책갈피, 포토 티켓 등의 체험 활동이 이뤄졌고, 체험 부스를 운영해 모금한 금액을 모아 한국해비타트의 주거환경 개선 사업을 후원했다. 12월 5일 '국

한양대 CCYP가 만든 '공유 동방'

제 자원봉사자의 날'에는 독거노인을 위해 나무 액자나 인테리어 소품, 작은 가구 등을 만들어 지자체에 전달하고, 자원봉사 활동 활성화를 위해 다 같이 아이디어를 제안하는 시간을 가졌다.

CCYP가 모여 DIY 체험 부스와 주거환경 개선 캠페인을 진행할 때는 어린이들에게 페이스 페인팅을 해주고, 열쇠고리, 공기정화 화분, 팔찌 등을 만드는 체험의 기회를 제공하기도 한다. 2024년 4월에는 왕십리역 앞 광장을 지나던 300여 명의 시민이 CCYP 부스를 찾았다. 한국해비타트의 로고가 새겨진 파란색 조끼를 입은 CCYP는 밝은 미소로 어린이들과 청소년들을 맞이했고, DIY 만들기 체험을 통해 주거권의 필요성에 대해 알렸다.

2023년에는 소멸 위기 지역에서 마을에 활기를 더하는 프로그램으로 'CCYP 연합 캠프'가 새로 추가됐다. 마을에 젊은 학생들이 와서 홀로 생활하시는 지역 어르신을 살펴주면 좋겠다는 어촌 앵커조직ᐟ의 요청이 그 시작이었다.

CCYP는 흔쾌히 참여하기로 하고 직접 2박 3일간의 프로그램을 기획했다. 학생들의 적극적인 참여 덕분에 전라남도 고흥에서는 2023년부터 2024년 여름까지 총 3번의 CCYP 연합 캠프가 진행됐다.

ᐟ 해양수산부 어촌 신활력 증진 사업 수행기관

오취마을의 낡은 마을회관을 휴게 공간으로 리모델링했다.

첫 번째 활동은 2023년 하계 캠프로 진행됐다. CCYP가 찾아간 곳은 전남 고흥의 오취마을로, 서울에서 차를 타고 6시간을 가야 도착할 수 있었다. 고흥군은 소멸위험지수 전국 2위로 초고령화 지역이기도 했다. 오취마을은 어린이가 한 명뿐일 정도로 청장년층을 찾아보기 어려운 지역이다. 그런데도 자원이 풍부하고 자연경관이 수려해 많은 잠재력을 가진 어촌마을로 평가되고 있다. CCYP는 지역 주민의 삶을 개선하고 외부 관광객을 늘리기 위해 오취마을의 로컬 브랜딩과 생활환경 개선 사업을 진행했다.

한여름에 오취마을을 찾은 CCYP 30여 명은 자원봉사로 캠프를 시작했다. 낡은 경로당을 직접 도배하고 작물을 키우는 비닐하우스를 손봤다. 오취마을에서 이뤄진 핵심 프로젝트는 낡은 마을회관을 리모델링해서 주민들의 휴게 공간으로 만드는 것이었다. 외부 사람들에게 오취마을을 알리는 브랜딩 작업도 진행했다. 학생들은 마을지도를 만들었다. 학생들의 노력을 지켜보던 오취마을 주민들은 CCYP를 항상 반갑게 맞아주었다.

CCYP의 희망의 불꽃은 추운 겨울에도 이어져 2023년 겨울에 두 번째 캠프가 진행됐다. 주요 프로젝트는 주민들이 쉴 수 있는 마을 쉼터를 정비하고 벤치를 제작해 설치하는 것이었다. 바닷가에 있는 마을 쉼터에 테이블과 벤치를 설치해 어르신들이 편히 쉴 수 있도록 했다. 나머지 시간에는 오래된 주택을 방문해 사용하지 않는 살림살이들을 정리하고, 묵은 폐기물들을 처리하는 봉사활동을 진행했다. 어르신들이 굴 채취 작업을 하는 굴막에도 들러 작은 손길을 보탰다. 그리고 오취마을에서 활동한 모든 일정을 정리한 다음, 오취마을을 소개하는 영상을 제작해 SNS에도 올렸다.

2024년 여름에 열린 하계 캠프는 2023년 CCYP 활동에 깊은 감명

CCYP 연합 캠프를 통해 만들어진 오취마을의 캐릭터와 마을 지도

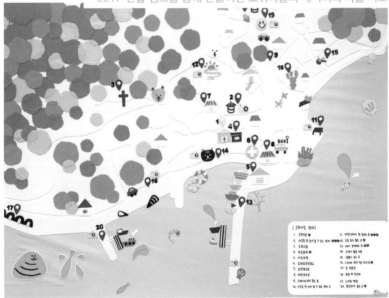

을 받은 지자체와 어촌 앵커조직에서 지원을 확대해 프로그램 규모가 한층 커졌다. 주요 프로젝트는 방치된 빈집을 활용해 외부 방문객이 이용할 수 있는 어가스테이를 조성하는 것이었다. 이와 함께 오취마을 거리에 생기를 더하기 위해 벽화를 그렸고, 어가스테이 방문객이 오취마을 풍경을 한눈에 감상할 수 있도록 마을과 어우러지는 멋진 퍼걸러(Pergola)˚를 설치했다. 또한 지역의 도배 및 목공 전문가가 함께하는 DIT(Do It Together) 콘셉트로, 빈집을 마을의 바다가 한눈에 담기는 어가스테이로 만들어 관광객이 머물 수 있는 공간으로 재탄생시켰다.

고흥군과 어촌 앵커조직은 CCYP와 함께 만든 어가스테이를 관광 및 체험 프로그램 등에 사용하겠다고 했다. CCYP는 오취마을의 주민들과 함께 숏폼(Short—form)을 제작해 SNS에 올렸다. 마을 어르신들은 잔치를 열어 애쓴 CCYP를 격려하고 즐거운 시간을 가졌다.

마을 어르신들은 한국해비타트 파란색 티셔츠를 맞춰 입은 CCYP를 어디서나 알아보고 친손주를 대하듯 챙겨주셨다. 대학생들이 마을을 찾아오는 것만으로도 생기가 넘치고 활력이 돈다며 칭

---

˚ 산책로 등에 그늘을 만들기 위해 기둥과 보로 이뤄진 구조물로, '파고라'라고도 한다.

파도 모양의 등받이 벤치를 만들어 비치했다.

어가스테이 내부 모습

찬을 아끼지 않았다. 고흥군도 "이렇게 청년들이 찾아와서 함께 프로그램을 진행하고 시간을 보내는 것이 다른 어떤 도움보다 값집니다."라며 CCYP의 어촌 봉사 활동을 적극 응원해줬다.

CCYP는 지역에서 어르신들을 만나며 봉사 활동의 참맛을 느끼게 됐다는 소감을 남겼다. 한국해비타트도 "오취마을같이 청년들을 필요로 하는 마을을 찾아 어르신들과 소통하며 봉사하는 연합 캠프를 꾸준히 하고 싶다."라는 CCYP의 이야기를 수용해 소멸 위기 지역에서의 연합 캠프를 꾸준히 운영할 예정이다.

"'모든 사람에게 안락한 집이 있는 세상'이라는 가치 안에서 다양한 활동을 만들어 내는 게 CCYP만의 특별함이라고 생각해요."

CCYP에 참여한 학생들은 모두 '집'이라는 주제에 애정을 품고 있다. 건축학과 전공자뿐만 아니라 타 전공자들도 관심을 두고 참여하고 있으며, 해비타트의 비전에 공감하며 좀 더 가치 있는 일에 청춘의 에너지를 쏟고자 애쓰고 있다. 학생들의 참여가 계속되는 한, 우리가 살아가는 이 세상은 그들이 쏟아낸 청춘의 에너지로 더욱더 따뜻해질 것이다.

# 여성의
# 사랑과 능력을
# 보여주는
# '여성들의 집 짓기'

해정 씨는 고등학생, 중학생, 초등학생인 세 아이를 키우고 있다. 아침에 아이들이 할머니, 할아버지와 같이 먹도록 밥을 차리고, 가족 누구보다 먼저 집을 나서 어린이집으로 향한다. 7시 40분부터 어린이집 등원 차량을 운전해야 하기 때문이다. 아이들을 안전하게 어린이집으로 데려오는 것이 하루 업무의 시작이다. 어린이집에서 퇴근하면 집에서 세 아이를 챙긴다. 이렇게 해정 씨의 하루는 쉴 틈이 없다.

주변에서 해정 씨에게 힘들겠다며 걱정해주지만, 그녀는 "전혀 그렇지 않아요. 요즘만 같으면 아이들이 다 클 때까지도 거뜬할 것 같아요."라며 웃음을 짓는다. 해정 씨에게 무슨 일이 생긴 걸까?

3년 전, 해정 씨는 가정에 전혀 신경 쓰지 않는 남편과 헤어지고 아이들과 함께 친정으로 들어갔다. 친정에서의 생활은 편안했지만, 현실적인 문제가 남아 있었다. 가장 큰 문제는 낡고 오래된 집에서 세 아이를 키우는 일이었다.

해정 씨의 친정집은 지은 지 30년이 넘은 슬래브 지붕의 농가였다. 재래식 화장실, 20년도 더 된 싱크대가 있는 주방, 비좁은 집. 삼 남매는 낡고 좁은 방에서 함께 생활해야 했다. 외벽에는 단열재가 들어 있지 않아서 겨울에는 한기가, 여름에는 열기가 그대로 들어왔다. 집을 고쳐보려고 했지만 비용 등의 문제로 엄두를 낼 수 없었다.

우선 소득이 필요하다고 생각한 해정 씨는 보육교사 공부에 집중해 1년 만에 자격증을 취득하여 어린이집에 출근하게 됐다. 급한 소득 문제를 해결하고 나니 열악한 집이 눈에 들어왔다. 그러던 어느 날, 행정복지센터로부터 연락이 왔다.

"혹시 한국해비타트라고 아세요? 집을 고쳐주고 지어주기도 하는 비영리단체라고 하는데요, 거기 한번 지원해보시겠어요?"

새집에서 아이들을 키울 수 있다는 말에 해정 씨는 곧바로 지원서를 작성했다.

한 달 후 고대하던 결과 통보를 받은 해정 씨는 실망을 금치 못했다. 자신보다 더 어려운 가정이 있어 선발되지 못했다는 내용이었기 때문이다. 담당자는 다음에 진행하는 또 다른 사업도 있으니 너무 낙심하지 말고 기다려 보자고 했다.

그리고 몇 달 후, 기적 같은 연락이 왔다. 해정 씨가 한국해비타트 여성위원회에서 진행하는 '여성들의 집 짓기'의 대상자로 선정되었다는 것이다.

'여성들의 집 짓기'는 다양한 분야에서 활발하게 활동하는 여성들이 힘을 모아 어려운 이웃을 돕기 위해 1991년 미국에서 시작한 '해비타트 여성들의 집 짓기'가 그 출발점이다. 우리나라에서는 2001년 JCWP 때 로잘린 카터 여사(지미 카터 전 대통령의 부인)를 중심으로 시작해 지금까지 이어져오고 있으며, 각계각층의 여성들이 주도적으로 건축기금을 마련하고 건축 현장에도 참여하는 형태로 진행되고 있다.

해정 씨 가족이 살 집은 기존에 있던 집을 허물고 다시 짓기로 했다. 한국해비타트 직원들은 해정 씨에게 설계도를 보여주면서 원하는 것을 말해달라고 했다. 4개월 후, 낡은 집이 있던 자리에는 깨끗한 부엌과 실내 화장실이 갖춰진 하얀색 외관의 25평짜리 단독주택이 지어졌다. 풀이 무성하던 집 앞 공터는 잔디밭으로 바뀌었다.

"제 인생에서 가장 힘들고 어려울 때 여러분들의 도움으로 새집을 갖게 됐습니다. 너무 기쁘고 감사해요. 도움 주신 분들의 바람대로 사랑으로 아이들을 키우며 힘내서 살겠습니다. 정말 고맙습니다."

해정 씨는 헌정식에 온 관계자들에게 일일이 다가가 악수를 하며 감사의 인사를 전했다. 관계자 중에는 한국해비타트 '여성들의 집 짓기'를 담당하는 여성위원회 마희자 위원장도 있었다. 마희자 위원장은 건축 봉사에도 참여했기 때문에 해정 씨와도 아는 사이였다. 마 위원장은 해정 씨에게 "앞으로 아이들과 행복하게 사세요."라는 따뜻한 말로 응원해줬다.

마 위원장은 2004년부터 한국해비타트와 인연이 닿아 20년 동안 한국해비타트 여성위원회를 이끌고 있는 주인공이다. 도움을 요청하는 곳이라면 어디든 달려가 힘닿는 데까지 도우려고 노력한다. 또한 장학금을 마련하는 단체에서 봉사하고 있어서 '마당발 자원봉사자'로 통한다. 밝고 긍정적인 에너지를 전하는 '해피 달란트'를 갖고 있는 것으로도 유명하다.

"제가 사람을 참 좋아해요. 그래서 하나님이 저를 봉사할 수 있는 곳에 자꾸 보내시나 봐요. 거기다가 저는 봉사가 참 재밌어요. 재미가 없으면 어떻게 오랫동안 해올 수 있겠어요? 좋은 일을 재미있게 할 수 있으니 제가 참 감사하죠."

'여성들의 집 짓기'가 특별한 이유는 바로 '패션쇼 & 바자(Fashion

Show & Bazaar)'를 통해 기금을 마련한다는 점이다.

2024년 17회째를 맞이한 '패션쇼 & 바자'를 통해 국내 유수 디자이너의 의상 후원, 셀럽들의 재능 기부 참여, 후원기업의 바자회, 패션쇼 티켓 수익금, 모델 참가비 등이 여성들의 자립을 위한 기금으로 모인다. 이 덕분에 주거환경이 열악한 국내외 한부모, 다문화가정 등에 도움을 줄 수 있었다.

2024년에는 제주도의 고령 해녀들이 편히 쉴 수 있는 공간을 마련하기 위해 열렸다. 노후화된 탈의실과 조업물 작업장을 보수해 물질을 마치고 나온 후 쉴 수 있는 휴게실로 구성하려고 한다. 또한 작업장을 현대화하기 위해 해수 냉각기도 설치할 계획이다.

"보기만 하는 패션쇼가 아니라 여성들이 참여해 직접 런웨이에 서는 패션쇼를 만들면 좋겠다는 생각에서 '패션쇼 & 바자'를 기획했습니다. 그렇게 해서 무대에 선 여성들에게는 어느 분야든지 참여할 수 있다는 '자신감의 옷'을, 또한 한국해비타트와 함께 안락한 집이 필요한 이웃 여성에게는 '나눔의 옷'을, 그렇게 '여성들에게 옷을 입히자'는 의미를 뒀습니다."

마 위원장은 혼자 한 일이 아님을 강조했다.

"저 혼자서는 절대로 못 했죠. 정말 많은 분이 도와주셨어요. 그래서 '여성들의 집짓기' 이야기를 할 때 제가 앞서서 소개하고 싶은

분이 많아요. 정말 훌륭하신 분들이죠. 평상시 제가 그분들한테 그래요. '하나님이 다 아신다. 지금 이웃을 위해 베푼 것들은 하늘나라에 다 쌓여 있을 겁니다. 그건 없어지지 않습니다.'라고요."

마 위원장은 여성위원들과 함께 '여성들의 집짓기' 현장을 빠지지 않고 찾는다. 직접 현장을 찾아 '땀의 분담'을 함께하기 위해서다.

"수의에는 주머니가 없다고 하잖아요. 실버세대쯤 되면 '뭘 더 쌓을까?'보다 '뭐를 더 나눠줄까?'를 고민해야 해요. 노블레스 오블리주(Noblesse Oblige)도 마찬가지죠. 어려운 일이 아니에요. 좋은 일을 권하는 사람이 있으면 동참해 주세요. 세상을 바꾸는 힘들이 거기서 나오지 않겠어요?"

한국해비타트 여성위원회는 '누군가를 돕는 것이 결국 나를 돕는 것'이라는 도움의 철학을 실천하며, 도움이 필요한 여성들을 지원하는 데 정성을 쏟는다. 지금 이 순간도 여성들의 사랑과 능력을 동시에 보여주는 아름답고도 의미 있는 큰 발걸음을 내딛으며.

# 목조 건축을
# 배웁니다,
# 봉사 기술을
# 배웁니다

"점심시간이 되면 자원봉사자들이 공구를 그 자리에 두고 가더군요. 건축 현장에서는 작업을 마칠 때마다 정리해둬야 다음 작업이 순조롭게 이어지거든요. 자원봉사자들은 잘 모를 수 있습니다. 한국해비타트는 집을 짓는 비영리단체이니 전문 인력이 있어야 한다는 생각이 들어서 제안하게 됐습니다."

한국해비타트 건축 고문이자 해비타트목조건축학교(이하 '해목교')에서 학생들을 가르치는 김용철 교수(전 한국목조건축협회 상근부회장)는 해목교의 시작을 이렇게 회상했다.

JCWP 2001 당시 아산 건축 봉사 현장에 참여했던 김 교수는 자원봉사자들에게 기본적이고 전문적인 교육을 제공할 '크루 리더(Crew Leader)'를 양성하자는 아이디어를 제안했고, 같은 고민을 하고 있던 충남세종지회와 빠르게 준비해 JCWP 2001이 끝나고 석 달 후에 바로 해목교 1기를 모집했다.

"왜 목조건축이냐는 질문을 자주 받습니다. 해비타트의 전 세계적 원칙이 목조건축에 기반해 있어요. 목재는 구하기 쉬우며 친환경적이고 철근이나 콘크리트보다 시공이 빠릅니다. 목재로 하면 건축을 잘 모르는 사람도 짧은 교육만으로 자신의 집을 지을 수 있습니다."

이후 충남세종지회는 해목교 홍보를 위해 신문 광고와 홈페이지 공고를 진행했다. 당시에는 한국해비타트에 대한 인지도가 낮은 탓에 신청자가 많지 않아 첫 모집은 10명 정원에 6명이 신청하는 데 그쳤다. 그래도 2002년 11월에 입학식을 진행하며 본격적으로 수업이 시작됐다.

다행히 교육생들의 열의는 시작부터 상당히 뜨거웠다. 김 교수는 전반적인 커리큘럼과 주요 내용을 강의했고 본부와 지회의 건축팀장들이 이론과 실기교육을 담당했다. 4주간의 일정을 마친 교육생들은 자체적으로 졸업앨범을 만들며, 교육 수료를 자축했다(이후 교육과정은 5주로 늘어났다).

이론 수업에서 목조주택의 자재, 시공과정 등을 배우고, 실습 수업에서 직접 목조 주택을 짓는다.

이후부터는 입소문이 퍼지며 신청자가 증가해 20년간 700명 이상의 수료생을 배출하는 성과로 이어졌다. 해목교가 큰 인기를 끄는 이유는 3가지다.

첫째, 교육비가 적다. 한국해비타트는 비영리단체로서 수익이 아니라 교육을 목적으로 두기 때문이다. 게다가 교육 장소가 충남 천안이기 때문에 5주간 숙식을 제공한다. 교육비는 숙식비에 최소한의 자재비만 포함된 수준이다.

둘째, 교육 내용이 매우 알차다. 5주 동안 하루 8시간, 주 5~6일 집중적으로 진행되는 수업에는 이론과 실습 외에 실제 목조건축까지 포함된다. 교육 담당자가 "5주간 수업을 마치면 '나도 내 집을 지어볼 수 있겠다.'라는 자신감이 저절로 생길 겁니다."라고 자부할 정도다. 높은 교육 콘텐츠는 강의를 준비하고 진행하는 강사들의 열기도 한몫한다. 김 교수는 첫날 오리엔테이션에서 "항상 예습하고 복습하고, 궁금한 것은 물어보세요. 그래야 남는 게 있고 전체 과정을 마쳤을 때 배운 게 있다고 느낍니다. 남는 시간도 허투루 쓰지 않고 공부하면 준전문가는 될 수 있습니다."라는 이야기를 빼놓지 않는다. 귀한 시간과 돈을 들여 배우러 온 교육생들이 하나라도 더 배워갈 수 있게 신경을 쓴 결과, 강의 평가는 늘 '매우 만족'이다.

셋째, '봉사 현장'이라는 실습의 기회가 무한히 주어진다. 교육을 수료했더라도 손에 익을 정도로 실습해야 전문 기술을 키울 수 있는데, 현실적으로 초보 목조건축가를 반겨 받아주는 현장은 그리 많지 않다. 한국해비타트는 집 짓기뿐만 아니라 주거환경 개선 등 봉사활동 기회가 많아 해목교 수료생들에게 우선 참가 기회를 제공한다.

교육생들은 다양한 이유로 해목교를 찾는다. '내 손으로 내 집을 짓고 싶다.'라는 '버킷리스트 실현파'가 가장 많고, 그다음으로 전문성을 갖춰 봉사하고 싶은 '천사 망치파'도 상당하다. 최근에는 조기 퇴직을 하고 인생 2막을 위한 커리어를 준비하기 위해 목조건축을 배우러 오는 '인생 이모작파'도 점점 늘고 있다. 젊은 사람 중에는 평소 배우고 싶었지만 한 달이라는 시간을 내기 어려워 미루다가 큰 용기를 내서 찾아온 '틈새 결행파'도 있다. 이들이 모여 목조건축에 대한 열정을 함께 나눈다.

해목교의 또 하나의 성과는 충남세종지회 앞마당에 하나씩 늘어나는 '이동식 목조주택'들이다. 이동식 목조주택은 커리큘럼 중 실습기간을 통해 만들어진 결과물로, 자원봉사자들이 사용할 숙소나 긴급 구호 현장 등 소형 주택이 필요한 현장에 전달되고 있다. 또한 독거노인이나 가정 형편이 어려운 가정을 지원하는 주거복지 개선 사업에 활용되기도 한다. 2006년에는 강원도 수재민을 돕기 위해 진행된 이동식 주택 건축 프로젝트에 활용되기도 했다.

2019년에는 해목교의 성과가 더 빛을 발했다. 2019년 4월에 정부에서 국가 재난 지역을 선포할 정도로 강원도 고성 지역에 큰불이 났다. 하루아침에 삶의 터전을 잃은 이재민들은 임시 대피소나 연수원, 마을회관 등으로 흩어져 망연자실한 시간을 보내고 있었다.

한국해비타트는 산불 피해 이재민들을 위해 한국해비타트 이동식 주택인 해이홈(HAY Home)을 지원했다. 갑작스러운 재난으로 급하게 보금자리가 필요한 이재민들에게 꼭 필요한 지원이었다.

"집이 소중한 가족을 담는 그릇이란 생각을 처음하게 됐고, 앞으로 귀하고 소중한 집을 짓는 데 많은 시간을 함께하겠습니다."

5주간의 해목교 교육을 마치면 그간 하고 싶었던 열정에 자신이 쌓은 전문성을 활용해 목조건축에 본격적으로 뛰어드는 수료생이 많다. 한국해비타트 건축 현장에 총괄책임자로 봉사하는 수료생이 있는가 하면, 한국해비타트에 입사해 일을 시작한 수료생도 있다. 5주간 충실히 배운 목조건축의 기술은 수료생들에게 유용한 봉사의 기술이 되고 있다.

이동의 편리성과 공간의 확장성을 갖춰 개발한 모듈형 컴포트 모빌리티 홈으로, 'HAY'는 사전적 의미로 '저렴함'을 뜻하기도 한다.

그들은 내 집을 짓는 것도 아닌데 땀을 흘리며 시간을 쏟는다. 누군가가 자립하길 바라는 마음으로, 누군가가 삶의 희망을 잃지 않길 바라는 마음으로 말이다. 해목교 수료생들은 오늘도 어디에선가 누군가를 위해 망치질을 하고 있다.

3장

당신의
**기쁨,**
우리의
**자랑**

'모두에게 안락한 집이 생기면 사회적 약자가 사라지고
세상 모든 이가 자신의 꿈을 실현할 수 있다는 믿음!'
이 믿음 덕분에 한국해비타트 직원들은
세 파트너(자원봉사자, 홈오너, 후원자)와 함께 집을 지을 수 있었다.
그 믿음은 한국해비타트 직원들과
세 파트너(자원봉사자, 홈오너, 후원자)의 헌신으로
지난 30년 동안 점차 현실이 되어가고 있다.
희망을 담은 집을 지으면서 세 파트너와 경험했던
감격의 순간들로 초대한다.

# 첫
# 월급날의
# 이벤트

미진 씨는 20대 중반의 신입사원이다. 대학을 졸업하고 반년 만에 취업에 성공한 미진 씨는 첫 월급을 받은 25일에 '1544-3396'으로 전화를 걸었다.

- 안녕하세요. 한국해비타트입니다.

"후원 신청하려고요."

- 정기후원 말씀이세요?

"네, 정기후원 신청하고 싶습니다."

미진 씨는 매월 3만 원의 정기후원을 약정했다. 학자금 대출 상환, 엄마에게 보내드리는 용돈과 각종 공과금을 제하면 남는 돈이 많지 않았지만, 한국해비타트 후원만큼은 꼭 하고 싶었다. 전화를 끊는 순간, 미진 씨는 좋아하는 친구에게 준비한 선물을 전해준 것처럼 즐거웠다.

사실 미진 씨가 한국해비타트를 처음 만난 것은 10년 전이었다. 미진 씨 어머니는 경제활동을 하지 않고 술만 마시던 남편으로부터 심한 가정 폭력에 시달리다 끝내 이혼을 선택했다. 몸만 나가라는 아버지의 성화에 미진 씨는 겨우 교과서와 교복만 챙긴 채 집을 나와야 했지만 그다지 슬프지는 않았다. 아버지 때문에 하루하루 불안에 떨던 시간을 이제 더 이상 겪지 않아도 되었기 때문이다.

그동안 작은 분식집을 하면서 가족을 먹여 살리던 미진 씨 어머니는 분식집 바닥에 박스를 놓고 이부자리를 폈다. 미진 씨는 그렇게 어머니, 동생과 함께 잤던 그날을 잊지 못한다. 마음 편히 잠들 수 있다는 것만으로도 그저 감사했던 순간이었다.

한창 성장기인 아들딸에게 머물 집이 없다는 것이 몹시 마음 아팠던 미진 씨 어머니는 기회가 될 때마다 모자가정 자격으로 임대주택 신청을 했지만, 대기 순번조차 받기 어려웠다. 그러던 어느 날, 분식집 손님들이 미진 씨 어머니에게 한국해비타트 춘천지회의 건축 지원 사업에 지원해보라고 권했다.

'제발, 제발….'

미진 씨 어머니는 신청서에 쓰는 글자 하나하나에 간절함을 담았다. 그 간절함이 통한 것일까? 마침내 미진 씨 가족에게도 희망이라는 단어가 찾아왔다.

홈오너로 선정됐다는 소식을 들은 미진 씨는 가장 먼저 하나님께 기도를 드렸다.

"감사합니다. 이제 엄마 가게 바닥에서 자지 않아도 됩니다. 우리 엄마, 이제는 허리 펴고 잘 수 있습니다. 하나님, 정말 감사합니다."

반년 후, 미진씨 가족은 한국해비타트에서 지은 깨끗한 새집으로 이사했다.

정기후원을 신청한 다음 달, 미진 씨는 한국해비타트에서 후원자들에게 보내는 '뉴스레터'를 받게 됐다. 뉴스레터 속 다양한 사람들, 다양한 사업 이야기를 보던 미진 씨는 뉴스레터 담당자에게 이메일을 보냈다. 홈오너였던 자신이 잘 지내고 있다는 사실을 한국해비타트 직원들에게 알리고 싶다는 내용이었다.

다시 시작한다고 생각했던 게 엊그제 같은데, 벌써 10년 전입니다. 당시 저희는 한국해비타트에서 기회를 주지 않았다면 갈 곳도, 생활할 곳도 없었습니다. 저와 동생은 가족을 보살펴주신 분들께 보답한다는 마음으로 열심히 공부했습니다. 이제 기쁜 마음으로 연락을 드립니다. 어른이 된 제가 저와 같은 분들을 돕겠습니다.

미진 씨는 이메일을 쓰면서 지난날을 돌아봤다. '집'이 생겼을 때 그 벅찬 설렘과 감동이 다시 한번 생생하게 느껴졌다. 미약하지만 이제부터 자신도 누군가의 '집'을 마련해주는 데 동참하는 후원자가 됐다는 것이 자랑스러웠다.

여전히 그곳에 계셔 주셔서 감사합니다. 후원자로 오기까지 오래 걸렸지만 앞으로도 한국해비타트와 함께하며 응원하겠습니다. 정말 감사합니다.

# 함께할 수
# 있을까요?

한국해비타트는 다양한 단체와 협력해 새로운 프로젝트를 펼치기도 한다. 그중 하나가 '석성1만사랑회'와의 협업이다.

한국해비타트와 석성1만사랑회는 잘하는 분야를 나눠서 함께하기로 한 결과, 장애인 쉼터 3곳을 짓게 됐다. 부지가 마련되면 석성1만사랑회에서 건립 비용을 마련하고, 한국해비타트에서는 건축을 담당하는 식으로 역할을 나눈 것이다. 석성1만사랑회의 조용근 이사장은 말했다.

"한국해비타트와 함께해서 더 멀리 갈 수 있었습니다."

조 이사장은 정년을 맞을 때까지 세무 공무원으로 일하면서 사회적 약자를 돕는 일에 헌신해왔다. 퇴직 후에는 석성1만사랑회 등을 세워 여러 지원 활동을 펼쳤으며, 특히 중증장애인의 재활을 지원하는 데 큰 관심을 두고 있었다. 중증장애인에 대한 그의 관심은 1994년에 시작된 인연 때문이다.

1994년, 전국의 중증장애인을 위한 서울 나들이 행사가 열렸다. 조 이사장 가족은 한 장애인을 홈스테이로 초대하게 됐다.

조 이사장의 집에서 홈스테이를 했던 여성은 패션모델로 활동하다가 교통사고를 당해 장애인이 됐다. 그런 현실에서도 밝은 얼굴로 지내는 여성은 10여 평 정도 되는 아파트에서 중증장애인을 돌보며 살고 있는데, 아버지가 물려주신 땅에 그들을 위한 쉼터를 마련하고 싶다고 말했다.

조 이사장은 함께 꿈을 이루고 싶었다. 그는 1만 명이 매달 1만 원씩 기부하면 매달 1억 원, 1년이면 12억 원이라는 큰돈이 모이니, 그 돈으로 중증장애인에게 도움을 주자는 생각에 석성1만사랑회를 설립했다.

그러나 기금 모금은 순탄치 않았다. 1년쯤 지나 약 1억 5,000만 원이 모였지만, 그 금액으로 쉼터 건립을 할 수는 없었다. 그때 한 직원이 생각지 못한 제안을 했다.

"한국해비타트라고 있는데 어려운 이웃에게 집을 지어주는 일을 하는 곳입니다. 그곳이라면 쉼터 건립에 도움을 줄 수 있을 것 같습니다."

조 이사장은 즉시 한국해비타트에 전화를 걸었다.

"함께할 수 있을까요?"

이 전화를 시작으로 석성1만사랑회와 한국해비타트는 본격적으로 쉼터 건축에 들어갔다.

시작은 충남 논산에 지은 '석성 사랑의 쉼터 1호점'이다. 한국해비타트의 전문가와 자원봉사자 100여 명이 몇 달에 걸쳐 함께 건축에 참여했으며, 장애인들이 편히 지낼 수 있도록 세세한 부분까지 신경을 썼다. 조명과 자재를 신중하게 선택하고, 턱을 없애 휠체어 출입이 가능하도록 했으며, 조망권 확보를 위해 창문도 낮게 설계했다. 준공식 날, 조 이사장과 한국해비타트는 "쉼터는 전적으로 하나님의 걸작품"이라고 입을 모았다.

이후 석성1만사랑회와 해비타트는 용인의 샘물호스피스선교회가 제공한 부지에 중증 자폐성 장애인들을 위한 쉼터 '석성 나눔의 집 2호점'을 건축했고(두 번째 쉼터 때부터 이름이 바뀌었다.), 우면산 산사태 피해를 입고 오랫동안 방치된 '신망애의 집'을 전면 리모델링해 '석성 나눔의 집 3호점'을 완성했다. 4개월간의 리모델링을 한 결과, 석성1만사랑회와 한국해비타트의 노력으로 20여 명의 장애인이 공동생활을 할 수 있는 공간으로 변신했다.

우리나라에는 여러 NGO가 각자의 전문성을 발휘하며 활동 중이다. 한국해비타트는 '주거'와 관련해 높은 전문성을 발휘하고 있는 NGO로서 석성1만사랑회와의 협업처럼 주거문제 해결을 위해 다양한 단체와 손을 잡고 있다. 이러한 협업들이 우리 사회를 더욱 안락하게 만드는 밑거름이 되리라 믿으면서 함께 나아가고 있다.

# 마음의 빚을
# 갚기 위한
# 선택

한국해비타트 최성열 팀장은 JCWP 2001 당시 태백에 지어진 '사랑의 집'의 홈오너가 되면서 한국해비타트와 첫 인연을 맺었다. 홈오너가 되기 위해 '땀의 분담'을 채우던 그는 해비타트 운동의 매력에 빠져 결국 한국해비타트 직원이 됐다. 그 후 그의 손을 거쳐 완성된 주택이 1,000채 가까이나 된다.

2001년 뜨거웠던 여름, 푹푹 찌는 무더위 속에서도 집을 짓는 데 여념이 없었던 최 팀장은 무려 800시간 넘게 건축 현장에 머물렀다. 그가 그토록 오래 현장에 머문 이유는 조금이라도 더 일하면 하루라도 빨리 입주를 당길 수 있을 것 같은 마음과 함께 하나의 궁금증을 해결하기 위해서였다.

사실 그는 홈오너로 선정됐다는 이야기를 듣고 '땀의 분담' 500시간을 빨리 채우고 본업인 덤프트럭과 카고트럭을 운전하는 일로 돌아갈 생각이었다. 그런데 현장을 몇 번 오가면서 그의 생각이 바뀌기 시작했다.

더위에 지쳐 연신 물을 들이키면서도 망치를 내려놓지 않는 자원봉사자들을 바라보며 궁금증이 생긴 최 팀장은 그들에게 다가가 물었다.

"도대체 무엇을 위해, 누구를 위해 돈까지 내고 이 힘든 일을 하는 겁니까?"

자원봉사자들은 밝게 웃으며 건축 봉사가 단순히 집을 짓는 일에 그치지 않고 희망을 전하는 일이라 답했다. 최 팀장은 그들의 대답을 이해할 수 없었다.

그런데 100시간이 200시간이 되고, 200시간이 300시간이 되더니 500시간을 다 채웠을 때쯤 최 팀장의 생각도 변해갔다. 자원봉사자들이 보여준 진정성이 그를 변화시킨 것이다. 최 팀장은 500시간을 다 채우고도 현장을 떠날 수 없었다.

'나도 저들처럼 다른 사람을 위해 즐겁게 일하고 싶다.'

그가 800시간을 채워갈 무렵, 그는 다른 자원봉사자들에게 '감사님'으로 불리기 시작했다. 당시 한국해비타트 직원들은 '간사'라는 직함으로 불렸는데, 현장에 익숙하고 자원봉사자들까지 살뜰히 챙기는 그를 직원으로 생각했던 것이다.

JCWP 2001은 세계적인 해비타트 행사다 보니 외국에서 온 자원봉사자도 많았다. 그중에는 일흔을 넘긴 백발의 할아버지, 알렌 화이트도 있었다. 그에게 나이는 문제 되지 않았다. 그는 현장에서 능숙하게 일했으며, 못 하나를 박을 때도 정성을 다했다. 마치 '최선을 다한다'가 무엇인지 몸으로 보여주는 것 같았다. 6.25 전쟁 참전 경험이 있는 그는 대한민국이 지금처럼 성장한 것을 기뻐했고, 모든 자원봉사자를 가족같이 따뜻하게 대했다. 최 팀장에게도 마찬가지였다.

3주간의 짧은 기간이 지났을 때 알렌은 최 팀장에게 아버지 같은 존재가 되어 있었다. 알렌이 미국으로 돌아가던 날, 최 팀장은 어린 아이처럼 울며 짧은 영어로 자신의 마음을 전했다.

"Your way, my way, equal way(당신이 가는 길과 제가 가는 길은 같습니다)."

그날, 최 팀장은 새로운 삶의 방향을 정하게 됐다.

한국해비타트는 성실하고 곧은 성품으로 일하던 최 팀장에게 먼저 함께 일하자는 제안을 했다. 하지만 그는 현재 하는 일보다 수입이 줄어드는 부분이 걱정되어 쉽게 결정하지 못하고 있었다. 그런 그에게 아내가 말을 꺼냈다.

"당신도 해외 봉사 한번 다녀오지?"

2002년 한국해비타트에서는 필리핀으로 자원봉사자들을 파견할 계획을 가지고 있었다. 최 팀장은 아내의 말을 듣고 JCWP 2001 때 우리나라를 찾았던 외국인 자원봉사자들이 어떤 마음이었는지 직접 느껴보고자 필리핀으로 가기로 결심했다. 그리고 필리핀에서의 자원봉사를 마쳤을 때 최 팀장은 무엇이 자원봉사자들을 이끌었는지 이해할 수 있었다.

자원봉사는 주는 것이지만 받는 것이기도 했다. 최 팀장은 필리핀 건축 현장에서 홈오너에게 인사를 받을 때마다 밀려오는 감동을 주체할 수 없었다. 필리핀에서의 마지막 날, 그는 자원봉사가 주는 뜨거운 감흥에 전율을 느꼈다.

집으로 돌아온 최 팀장은 결심했다. 지금까지는 가족을 부양하고 자신의 꿈을 위해 돈을 쓰는 것이 전부였다면, 앞으로는 '남을 위해 쓰는 돈'을 벌어야겠다고 말이다.

한국해비타트의 제안을 받아들인 최 팀장은 줄어든 수입을 채우는 대신 술을 줄이기로 했다. 오랫동안 마셔온 술이었지만 더 재밌고 즐거운 일을 찾았기 때문에 전혀 아쉽지 않았다.

일하면서 본격적으로 건축 공부도 시작했다. 이왕 하는 일, 잘해 보고 싶었다. 대학에 가서 배우면 더 잘할 수 있겠다는 생각에 야간 대학의 건축학과를 졸업했다. 그 후 욕심이 생겨 대학원에서 사회복지학을 전공하며 '나눔과 봉사'에 대한 새로운 지식을 쌓아갔다. 아내 역시 한국해비타트에서 함께 일하며 최 팀장의 도전을 응원했다.

전국을 돌면서 홈오너 대상자들을 만날 때마다 그는 격의 없이 대화하고, 앞으로 진행할 사업 내용을 친절히 안내하며 필요한 개선 사항을 꼼꼼히 확인했다. 마치 내 집을 짓는다는 마음으로 임했다. 함께하는 자원봉사자들에게는 자원봉사를 통해 집 짓는 법을 배우고, 남을 돕는 법을 익히라는 뜻에서 "돕는다"라는 말보다 "배운다"라는 말을 자주 사용할 것을 권했다.

"누구를 돕는 게 아니라 엄마, 아버지, 삼촌이 살 집을 짓는다는 마음으로 일합시다."

최 팀장은 JCWP 2001 당시 '사랑의 집'의 최연소 홈오너였다. 그때 자신의 집을 짓기 위해 멀리서 달려와준 국내외 자원봉사자들, 그리고 한국해비타트의 식구들에게 마음의 빚이 생겼다고 말했다.

"또 다른 홈오너들을 위해 한국해비타트에서 열심히 집을 짓고 고치는 것이 제가 마음의 빚을 갚아가는 방법이라고 생각하며 열심히 하고 있습니다."

한국해비타트에서 일한 지 20여 년, 최 팀장은 이제 '건설 전문가'가 되었을 뿐 아니라 사회복지에 대한 전문지식도 쌓았다. 그의 앞으로의 계획 중 하나는 지금까지 자신이 익히고 배운 것, 경험하고 느낀 것을 주거환경이 취약한 이웃들과 나누는 것이다. 모든 사람들이 안락한 집에서 어려움 없이 생활하는 그날까지 그는 손에서 망치를 내려놓지 않을 것이다.

# 사랑의
# 집을
# 배달합니다

2006년 여름, 강원도에 집중 폭우가 쏟아졌다. 수많은 이재민이 발생하면서 한국해비타트는 집을 잃은 이들을 돕고자 마음을 모았다. 마침 정부에서도 한국해비타트에 긴급히 도움을 요청했다.

한국해비타트에서는 이재민들에게 집을 지어주는 방안을 논의했으나 가재도구조차 챙기지 못하는 상황에서 건축 진행은 불가능해 보였다. 또한 이재민들이 산촌에 머물고 있다는 것도 문제였는데, 건축에 필요한 자재를 옮기는 것부터 난관에 부딪혔기 때문이다. 해결책을 찾던 강용상 (당시) 사업관리실장은 기발한 아이디어를 생각해냈다.

"이동식 주택을 지어서 실어 나르면 되지 않을까요?"

2005년 미국 남동부를 강타한 허리케인이 주택 수십만 채를 날려버렸을 때, 조립식 주택을 대형 트레일러로 전달했던 사례가 떠오른 것이다.

정부는 한국해비타트의 제안을 반겼고 건축 비용 지원을 약속했다. 이동식 주택이 지어질 장소가 용인에 있는 한 대학교의 캠퍼스로 확정되자, 한국해비타트는 곧바로 건축 자재 확보에 총력을 기울였다.

가장 시급했지만 구하기 쉽지 않았던 자재는 바로 철재였다. 한꺼번에 많은 양을 주문하다 보니 자재 판매 대리점마다 고개를 저었다. '이거 어떡하지?' 하는 와중에 대학교 캠퍼스 앞의 판매 대리점에서 가능하다는 연락이 왔다. 가장 구하기 어려웠던 자재를 주택을 지을 장소 바로 앞에서 확보하게 된 것이다.

자원봉사자 모집에도 모두가 힘을 쏟았다. 방송과 신문은 물론 교회까지 모집 공고를 내고, 서울과 용인을 오가는 버스에 자원봉사자 모집 배너도 부착했다. 일주일 후, 예상보다 많은 자원봉사자가 몰려들었다.

무더웠던 8월 중순, 한 대학교 캠퍼스에 '사랑의 집을 배달합니다'라는 대형 현수막이 걸렸다. 오전 7시 30분부터 자원봉사자들이 운동장에 모여 저녁 6시까지 작업을 이어갔고, 그들의 도움 덕분에 일주일 만에 이동식 주택이 만들어졌다.

이동식 주택은 5.5평 크기로 주방과 이중창, 난방 필름을 갖춘 있을 것은 다 있는 집이었다. 여름에는 시원하고 겨울에는 따뜻하도록 지붕과 벽면에 목재를 사용해서 장기간 사용해도 문제없었다.

8월 19일에 1차분으로 25채가 각각 5톤 대형트럭에 실려 강원도로 출발했다(이동식 주택의 면적을 5.5평 정도로 한 이유 중 하나는 5톤 대형트럭에 실릴 수 있는 최대 크기였기 때문이다).

군사작전을 방불케 하는 트럭 행렬이 평창 시내로 들어선 시간은 오전 7시경이었다. 주민들은 처음 보는 광경에 눈을 떼지 못했다.

15채를 평창의 종합운동장 공터에 내린 후 나머지 10채는 인제로 향했다. 주민들은 이제 편히 쉴 수 있겠다는 생각에 "고마워요."라며 연신 손을 흔들었다. 인제군청 부지에 내려진 이동식 주택은 곧바로 이재민들에게 인도됐다.

2차분은 1차분을 진행했던 캠퍼스에서 15채, 충남세종지회에서 10채를 만들기로 했다. 8월 21일부터 일주일간 진행됐는데, 당시 전국적으로 게릴라성 호우가 자주 쏟아지고 있었다. 이동식 주택을 짓는 중에 소나기가 내리면 모든 작업이 물거품이 될 수 있기 때문에 한국해비타트 직원들은 작업이 종료되면 곧바로 천막을 씌운다는

이동식 주택을 짓는 모습

대형트럭에 실려 강원도로 가고 있는 이동식 주택

작업원칙을 세우고 철저히 지켜나갔다. 26일 이후에는 대학교 개강이라 일정을 더 미룰 수 없는 상황이었기 때문에 한국해비타트 직원들과 자원봉사자들은 작업이 무사히 끝나길 간절히 바라며 이동식 주택을 하나하나 완성해갔다. 다행히 작업을 마칠 때까지 현장에는 비가 한 방울도 내리지 않아 한국해비타트 직원들과 자원봉사자들 모두 기뻐하며 작업을 마무리할 수 있었다.

오후 6시, 이동식 주택을 실은 트럭을 배웅하고 기념 촬영을 마치자 굵은 빗방울이 쏟아지기 시작했다. 더위와 피로에 지친 직원들과 자원봉사자들에게는 반가운 소나기였다. 모두 "우리가 해냈다!"라는 기쁨의 함성을 지르며 시원한 빗줄기를 맞았다.

며칠 후, 인제군청은 이동식 주택이 기대 이상이라며 한국해비타트에 감사의 뜻을 전해왔다. 처음에 숙소를 대신하던 컨테이너는 더위와 추위에 취약했고, 냉방을 위한 전기세도 만만치 않았다. 그렇게 땡볕에서 여름을 보내고 있었던 이재민들에게 이동식 주택은 큰 도움이 되었다. 그렇게 '2006 수해 지역 사랑의 집 짓기 : 사랑의 집을 배달합니다'는 성황리에 마무리됐다.

하나의 프로젝트가 끝나면 한국해비타트는 정산으로 마무리를 한다. 이번 프로젝트도 마찬가지로 모든 과정을 마무리하고 정산을 했는데, 제작 경비에서 1억 원이 넘는 적자가 발생했다.

'어떡하지?'라고 고민하던 그때, 사무실로 한 할머니가 찾아오셨다.

"여기가 사랑의 집 짓기 하는 곳이 맞습니까?"

할머니는 질문만 하시곤 그대로 돌아가셨다. 어르신이 왜 그러시는지 직원들 누구도 알지 못했다.

다음 날, 그 할머니는 운전기사와 함께 다시 한국해비타트 사무실을 찾아와서 당시 필요했던 딱 그만큼의 돈을 기부하셨다. 할머니는 처음에 현수막이 걸린 대학교에 찾아가 기부를 문의하셨는데, 거기서 기부금 문의는 한국해비타트에 하면 된다는 안내를 받아 한국해비타트 사무실을 찾아오신 것이다. 그렇게 기부금을 전해준 할머니 덕분에 한국해비타트는 적자 문제를 해결하고 무사히 프로젝트의 마침표를 찍을 수 있었다.

이동식 주택 제작에 필요한 자재와 장소가 무사히 마련된 일, 단기간에 수백 명의 자원봉사자를 구할 수 있었던 일, 이동식 주택이 제작되는 동안 용인지역에만 비가 쏟아지지 않은 일, 예상치 못한 적자로 고민할 때 일면식도 없는 할머니가 필요한 만큼의 기부금을 쾌척해 주신 일 등 모두가 사람의 의지로는 해결할 수 없는 일들이었다. 기적이라는 말 외에는 표현할 길이 없었다.

# 오늘도
# 성장하는
# 나

한국해비타트의 경영과 관리를 총괄하는 이광회 사무총장은 직원들에게 집을 짓는 일뿐만 아니라 홈오너와 집 고치기 대상자의 마음을 잘 보듬어야 한다고 강조한다. 또한 직원들과 홈오너 간의 원활한 커뮤니케이션에 대해 늘 고민한다. 그의 고민 덕분인지 한국해비타트 직원들은 30년 동안 홈오너와 대상자들의 마음을 보듬으며 다양한 프로그램을 진행해올 수 있었다.

집을 짓고 고치는 과정은 한 번의 방문으로 끝나지 않는다. 짧게는 몇 주, 길게는 1년 이상 함께 소통하며 진행해야 한다. 기간이 길어질수록 실수나 사고의 가능성이 커져 사소한 말 한마디에 그동안 잘 유지되던 관계가 어긋나기도 한다. 그래서 한국해비타트에서 요구하는 직원의 자질은 일반 기업과 다르다. 한국해비타트는 홈오너와 대상자들을 배려하며 마음을 열고 다가갈 수 있는 인간 '해피 바이러스'들을 적극 환영한다.

이은경 매니저는 온종일 업무만 생각할 정도로 대표적인 '해비타트 홀릭' 직원 중 한 명이다. "(한국해비타트와의) 첫 만남에서부터 강력한 운명을 감지했습니다."라며 한국해비타트에서 일하게 된 것이 자신의 인생에서 가장 의미 있는 사건이라고 말한다.

대학생 시절의 이 매니저는 지금과는 사뭇 달랐다. 한동안 집에서 나오지도 않았다. 지금 생각해보면 일종의 '우울증'을 겪었던 것 같다. 학교에 다니면서도 '앞으로 뭘 하면서 살아야 하지?'라는 미래에 대한 막연한 불안과 무력감 때문에 청춘의 즐거움을 느끼지 못한 채 시간만 보냈다.

그녀를 걱정하며 눈물로 기도하던 한 친구가 어느 날 봉사활동을 같이 가자고 제안했다. 그 친구가 이 매니저를 데려간 곳은 천안의 '한국해비타트 건축 봉사 현장'이었다. 아무런 기대도 없이 찾아간 현장에서 그녀는 몸과 마음으로 봉사하고 감사와 뿌듯함을 느끼면서 잃었던 삶의 의미를 비로소 되찾을 수 있었다.

"희망을 전달하는 사람이 되고 싶었어요. 그래서 한국해비타트에 꼭 들어가야 했습니다."

그녀가 찾은 꿈은 '한국해비타트 입사'였고, 대학 졸업과 동시에 꿈을 이뤘다. 그것이 벌써 11년 전 일이다.

이후 이 매니저는 사업 지원 업무에 집중했고, 지금은 한국해비타트 직원 누구나가 인정하는 '해비타트 홀릭'으로 살아가고 있다.

이 매니저는 11년간 집 짓기, 집 고치기, 후원 개발 및 관리, CCYP, 도시혁신스쿨 등의 업무를 해왔다. 쉽지 않은 업무였지만 많은 것을 배우는 시간이었다.

집 짓기 사업은 집이라는 공간을 만들기 위해 해야 할 일이 많아 후원자, 자원봉사자 등 각계각층의 사람들의 도움이 필요했다. 그래도 모두가 '해비타트는 물리적인 집(House)이 아니라 가정(Home)을 짓는다.'라는 말에 공감하며 봉사와 헌신에 참여했다. 무(無)에서부터 멋진 집이 완성되는 과정을 지켜보는 것은 그 자체로 큰 감동이었다.

집 고치기 사업은 이 매니저에게 있어 가장 기억에 남는 프로그램 중 하나다. 보통은 지자체에서 대상자를 추천해주는데 복지 사각지대에 놓인 사람도 적지 않았기에 이 매니저는 '대상자 발굴' 단계부터 적극적으로 참여했다. 해당 지역에 도착하면 경로당이나 어르신들이 모여 있는 곳부터 우선 찾아간다. 먼저 밝게 인사를 건네고 어르신의 손을 잡으면서 "어르신, 혹시 집이 오래되고 낡아서 힘든 분들이 계실까요?"라고 묻는다. 그렇게 대상자가 될 법한 집들까지 찾아다닌다. 이런 방법으로 지자체에서도 확인하지 못한 대상자를 발굴해내곤 했다.

집 고치기 사업은 물리적인 공간이 바뀌면서 대상자의 삶이 변화하는 순간을 직원이 즉각적으로 확인할 수 있다는 장점이 있다. 얼굴에 그늘이 사라지고 밝게 웃는 아이, 깨끗하게 바뀐 집에서 용기와 희망이 생겼다고 말하는 부부, 환해진 집에서 말끔하게 옷을 챙겨 입는 할아버지와 할머니를 보면 그들의 만족감과 행복감이 전해진다.

5년 전에 시작한 '도시혁신스쿨'은 예상 밖의 성공을 거둔 프로그램이다. 도시 재생을 위한 노력이 많이 필요하다는 아이디어에서 시작해 대학과 지자체, 후원사, 그리고 주민들의 적극적인 참여를 이끌어 냈다. 공동체 의식이 점차 회복되고 적극적으로 참여하는 주민들을 만나는 시간은 이 매니저에게도 큰 보람이었다. 이러한 노력의 결과, 포스코그룹의 상당한 후원을 바탕으로 대학 2곳(서울여대, 서강대)과 공동 운영을 하고 있으며, 학점 교류 형태로 11개 학교가 참여하게 됐다. 요즘은 '어디까지 프로그램을 확대해야 하나?'라는 행복한 고민에 빠져 있다.

이 매니저는 입사 후 11년 동안 개인적으로 경험한 가장 큰 변화로 '자존감 상승'을 꼽았다. 대학생 때 이 사회에서 어떤 역할을 할 수 있을지 고민만 하던 자신이 한국해비타트에서 일을 시작한 후 타인과 함께 자신을 존중할 줄 아는 사람으로 변화했다는 것이다. 또한 모두가 가치 있는 존재임을 인정하게 되면서 공동체에 대한 긍정적인 생각과 태도를 갖게 됐으며, 이를 바탕으로 누군가에게 희망을 전할 수 있는 사람이 됐다는 것이 무척 자랑스럽다고 했다. 실제 이 매니저는 조직과 현장 어디에서나 '밝고 긍정적이며 에너지가 충만한 사람'으로 인정받고 있다.

한국해비타트 직원들은 집 짓기와 집 고치기 관련 사업을 하기 전부터 홈오너와 대상자의 집을 방문해 이야기를 듣는 시간을 많이 갖는다. 경제적인 상황을 포함해 다양한 이야기가 오가는데 이 중 꽤 자주 들었던 말이 있다. "집을 고치면 어떤 게 좋을 것 같습니까?"라는 질문에 대한 대답이다.

"손님을 초대하고 싶습니다."

그들에게 집은 가난을 감출 수 없는 마지막 장소였다. 화장실이 없어서 10분 거리에 있는 공중화장실을 이용하는 노부부나 씻을 곳이 없어서 수돗가를 찾아가야 하는 아이들, 곰팡이와 벌레 때문에 밤잠을 설쳐야 하는 신혼부부 등 모두 깨끗한 집이 생긴다면 가까운 친척이나 친구들을 불러 밥 한 끼를 대접하고 싶다고 말한다.

　이런 가슴 찡한 이야기를 들을 때면, 이 매니저는 주저하지 않고 홈오너의 손을 꼭 잡아준다. 작은 관심과 적극적인 대화가 상대방의 마음을 연다는 것을 경험으로 알고 있기 때문이다. 그녀는 집을 짓거나 고치는 과정을 통해 홈오너에게 새로운 삶이 시작된다고 믿기에 지방 출장과 다양한 행사 준비, 조기 출근과 야근도 마다하지 않는다.

　"친절한 은경 씨, 고마워요."

　이 한마디에 모든 피로가 사라진다.

　'성장'은 각자에게 다른 의미를 지닌다. 경제적 자립과 독립, 타인을 책임지는 삶, 마음의 성숙 등 다양하다. 이 매니저에게 '성장'이란, '자신만 보고 사는 것이 아니라 주변 이웃들을 돌아볼 수 있는 사람이 되는 것'이다. 그래서 자신의 성장을 이끌어준 한국해비타트에 항상 감사하는 마음을 갖고 있다.

　이 매니저는 꿈을 잃은 사람들이 밝은 세상을 향해 희망을 품고 힘차게 나아갈 수 있도록 튼튼한 발판이 되고 싶다. 또한 한국해비타트를 통해 많은 사람이 이웃을 돌아보고 나눔을 실천하게 된다면 이보다 더 좋을 수 없을 것이라고 말한다. 오늘도 이 매니저는 그러한 날들이 빨리 오기를 고대하며 '해비타트 홀릭'으로서 일하고 있다.

4장

# 전 세계에
# 희망을
# **짓다**

우리나라를 넘어 해외에도 열악한 주거환경으로 고통받는 사람이 많다.
한국해비타트는 2006년부터 국내를 넘어
전 세계 곳곳에 안락한 집을 제공해주고 있다.
그 결과, 많은 지구촌 이웃들이 집을 통해 아이들을 돌볼 기회를 얻었고,
교육의 기회를 제공받았으며,
경제적으로 안정되어 회복의 여유를 되찾았다.
자립의 토대를 갖게 된 많은 지구촌 이웃들과 함께 울고 웃으며,
집을 짓고 희망을 키운 소중한 현장 이야기를 담았다.

## 과거를
## 기억하는
## 시간

6.25 전쟁 때 우리나라에 군사를 파병한 나라는 16개국이었는데, 이 중 아프리카에서 유일하게 지상군 참전을 선언한 나라가 바로 에티오피아다.

에티오피아가 파병한 강뉴(Kagnew) 부대는 우리나라를 위해 목숨을 걸고 용감하게 싸워 253전 253승이라는 놀라운 활약을 보여줬다. 그리고 1953년 휴전 후에도 전쟁고아를 돌보기 위해 바로 고국으로 돌아가지 않았다.

그러나 1956년 에티오피아로 귀국한 부대원들을 기다리고 있던 것은 전쟁보다 더한 가난과 고통이었다.

참전 용사들이 귀국했을 때 에티오피아는 7년간 이어진 가뭄으로 생계수단인 농경과 목축에 심각한 타격을 입고 있었고, 거기에 1974년 군사 쿠데타로 공산정권이 들어서면서 참전 용사들은 한순간에 전쟁영웅에서 '우방인 북한을 상대로 싸운 배신자'로 낙인찍혔다.

재산을 몰수당하고 직장에서 쫓겨난 그들에게 비참한 삶이 시작됐다. 참전 용사들은 귀국한 후 '코리안 빌리지'를 하사받았지만, 군사 쿠데타 이후 정부의 지원이 끊기자 마을은 빈민가로 변해갔다. 그 결과, 코리안 빌리지는 처음 조성된 1950~60년대 모습 그대로 남았다. 그들은 내리는 비조차 막지 못하는 열악한 환경에서 기본적인 생활환경도 보장받지 못한 채 살아가고 있었다.

한국해비타트는 2017년 '독립유공자 후손 주거 개선 캠페인'을 시작한 데 이어 외국 참전 용사들에게 도움의 손길을 내밀고자 2020년에 설민석 강사의 재능 기부로 에티오피아 참전 용사 지원 캠페인인 '고마워요, 에티오피아' 영상을 제작했다.

에티오피아에서 찾은 생존 참전 용사들의 집은 그야말로 처참했다. "집에서 삽니다."라고 말했지만, 한국해비타트 직원들이 봤을 때는 집 밖에서 사는 것과 마찬가지였다. 집이 너무 낡고 취약해 폭우가 내릴 때마다 부서져 내릴 정도였다. 수세식 화장실은 꿈도 꾸기

에티오피아 참전 용사 가족의 집, before

어려웠다. 집 외에도 공공화장실 설치, 우물 및 폐수처리 시설 설치 등 해야 할 일이 너무도 많았다.

90세에 가까운 나이에 50년 된 흙집에 거주하는 참전 용사와 7평도 되지 않는 집에서 딸, 손주들과 함께 살고 있는 참전 용사, 이렇게 두 분의 집을 새로 짓기로 했다. 이후 근처에 있는 진입 도로를 정비하고, 공공화장실과 공용주택도 지었다. 모든 공사가 마무리된 후에는 130여 명의 참전 용사와 가족들에게 '아마세크날로(우리말로 '고맙습니다.'라는 뜻)'라는 손 글씨를 적은 패널(panel)을 전달했다.

한국해비타트는 이후 '희망 키움 프로젝트'라는 이름으로 참전 용사 가정 및 저소득층이 함께 자립할 수 있도록 지원했다. 주택 개보수, 공용 주방과 공공화장실 설치뿐만 아니라 학교에도 화장실과 식수 시설, 컴퓨터실 등을 마련하며 위생환경 개선에 힘썼다. 더 나아가 위생에 관한 개선 교육까지 진행해 지역 사회가 자립할 수 있는 토대를 만들기 위해 노력했다.

'희망 키움 프로젝트'의 대상자로 선정된 참전 용사의 아들인 베하일루 씨는 낡은 집에서 겨우 생계를 유지하며 살고 있었다. 나무와 흙으로 지어진 벽은 심하게 갈라져 있었고, 바닥은 항상 축축했다. 비 오는 날이면 지붕으로 빗물이 새 들어왔고, 화장실도 없었다. 그랬던 그의 집은 한국해비타트의 지원으로 튼튼한 지붕 아래 시원

참전 용사 가족이 편하고 안전하게 살 수 있게 완공된 집, after

한 바람이 들어오고 더는 비가 새지 않는 집으로 바뀌었다.

새집을 본 첫날, 그는 "아버지의 희생을 잊지 않고 기억해준 한국인들 덕분에 새로운 삶을 시작할 수 있는 새집이 생겼습니다."라며 눈물을 감추지 못했다.

'집'을 통해 과거를 기억하고, 희망의 내일을 선물하는 이 순간들이 모여 더 밝은 세상이 만들어질 것을 기대해 본다.

# 재난을
# 이겨내는
# 집

    주거 취약계층이 사는 집은 대부분 자연재해 위험이 높은 지역에 있다. 자연재해가 한 번이라도 발생하면 평범했던 일상은 속절없이 무너진다.

    나무, 짚, 진흙 벽돌 등의 재료로 집을 지으면 내구성이 떨어져 태풍 한 번에 지붕이 날아가고, 홍수 한 번에 집이 무너지기도 한다. 이런 상황은 식수, 위생 등 다양한 위기를 초래하며 삶을 더욱 위협한다.

    그런데 최근의 기후 변화(또는 기후 위기) 때문에 상황이 더욱 악화되고 있다. 전 세계가 기후에 영향받고 있지만, 특히나 기후 변화로

직격탄을 맞은 이들은 힘 없는 주거 취약계층이다.

"자연재해로 인해 어려움을 겪거나 겪을 수 있는 사람들을 위한 사업이 필요하지 않을까요?"

이 질문에 대한 답을 찾기 위해 한국해비타트는 오랫동안 고민해 왔다. 앞으로 자연재해가 더욱 빈번해져 주거 불안정성이 커질 것을 예상해 기후 변화 대응 지원 사업을 계획했고, 유엔의 지속 가능 발전 목표(SDGs) 중 하나인 '기후 행동(CLIMATE ACTION)'과의 연결을 고려해 해외로 눈을 돌렸다. 그렇게 선택하게 된 국가가 인도네시아 였다.

한국해비타트는 인도네시아 수도 자카르타에서 남동쪽으로 70킬로미터 떨어진 카라왕의 와나자야 마을을 찾았다. 주민 5,000여 명 중 대부분은 단순노동에 종사하며 주거 취약계층에 속했다. 사회적 인프라가 부족했고, 주민들의 경제력도 매우 낮았다.

집의 상황도 마찬가지였다. 집 대부분은 내구성이 떨어지는 대나무와 짚으로 지어져 비나 홍수에 매우 취약했다. 화장실이 제대로 갖춰진 집은 거의 찾아볼 수 없었고, 주민들은 강둑에 설치된 간이 화장실을 공용으로 썼다. 하천에서 떠다 먹는 정수되지 않은 물은 주민들의 건강을 위협했다.

한국해비타트는 와나자야 마을에서 안전한 주거환경을 조성하고자 기후 변화 대응형 주택을 지었다. 이때 가정에서 배출된 폐플라스틱을 재활용해 만든 에코블록을 사용했다. 새 자재를 만들면 탄소가 배출되어 환경 오염을 유발할 수 있지만, 재활용하여 에코블록을 만든 덕에 탄소 배출량을 줄일 수 있었다. 또한 에코블록은 대나무나 짚보다 내구성이 좋아 환경보호와 주거안전을 동시에 도모할 수 있는 선택이었다. 그리고 주택마다 빗물 집수장치를 설치해 모은 물을 가정에서 사용할 수 있도록 했다.

이 외에도 식수 시설을 설치하고 위생 교육을 통해 한국해비타트의 지원이 지속되도록 유도했다. 공공 화장실에는 정화조를 설치하고, 물 내림이 가능한 변기를 놓았다.

한국해비타트의 다른 건축 현장들처럼 와나자야 마을 현장에도 자원봉사자들이 함께했다. 한 번도 가보지 않은 나라, 그것도 외진 마을에서 모르는 사람들에게 집을 지어주고, 홈오너를 위한 헌정식에도 참여하며 진심 어린 축하의 인사를 전했다.

헌정식 중 한 홈오너의 눈물이 그곳에 모인 사람들의 가슴을 울리기도 했다. 그녀가 가족과 함께 살던 집은 처참했다. 흙바닥에는 벌레가 돌아다녔고, 벽은 겨우 바람을 막는 수준이었다. 비가 오면 뜬눈으로 밤을 새워야 했고, 집이 홍수에 떠내려갈까 봐 항상 마음 졸여야 했다. 그런데 이제 튼튼한 집이 생겼다면서 홈오너는 감사의

집에서 빗물 집수장치로 모은 물을 사용할 수 있게 되었다.

눈물을 흘렸다.

"여러분은 저희 가정을 알지 못하는데도 기꺼이 저희 가정에 새집을 선물해줬습니다. 이게 어떻게 가능한지 아직도 실감이 나지 않습니다. 함께한 시간 동안 여러분이 제게 베풀어준 만큼, 이제 저도 타인을 위해서 베풀어야겠다는 마음과 용기가 생겼습니다. 정말 고맙습니다."

그녀는 첫째 아이에게 "네가 크면 혼자 공부할 수 있는 방이 생겼어."라고, 남편에게는 "이제 망가진 집을 수리하지 않아도 되니 저축도 할 수 있겠어요."라고 말하며 함박웃음을 지었다.

헌정식까지 마무리한 자원봉사자들은 "말은 통하지 않지만 그들의 눈을 통해 감사의 마음을 느낄 수 있었습니다."라며 소감을 밝혔다. 모두가 한마음으로 이제는 튼튼하고 안락한 집에서 편안하게 살기를, 자연재해로 삶이 무너지는 일이 없기를 간절히 기도했다.

열악하고 힘든 환경에 놓인 가정을 위해 새집을 짓는 곳에서 우리는 절망이 희망으로 바뀌는 장면을 본다. 한국해비타트는 주거환경이 취약한 이웃이 예측 불가한 기후 변화에도 안전한 삶을 영위할 수 있도록 오늘도 연장통을 짊어지고 세계로 나아가고 있다.

# 집도,
# 이웃도
# 사라진 곳에서

사고 현장은 온통 진흙 천지였다.

2006년 2월, 필리핀 중부 레이테 섬의 한 마을 전체가 산사태로 매몰됐다. 필리핀의 수도 마닐라에서 600킬로미터 떨어진 권사우곤 마을이었다. 권사우곤은 전형적인 산골 마을로, 해발 800미터의 칸아박 산을 끼고 있었다. 그런데 산사태로 칸아박 산의 봉우리가 완전히 무너졌고, 그 흙더미에 밀려 300여 세대가 그대로 매몰됐다. 매몰 지역은 여의도공원의 두 배 면적인 40만 제곱킬로미터에 달했다. 갑작스러운 재해로 인해 사망 및 실종자가 무려 2,000명에 달하는 대재앙이었다. 이 비극적인 현장에 세계 각국의 구조대가 모여들기 시작했다.

4월 말, 한국해비타트에서도 삶의 터전을 잃은 레이테 섬 주민들을 돕기 위해 긴급 구조 자원봉사단을 파견하기로 했다. 한국은 국제해비타트 내에서 GCN(Global Colaboration Network) 국가로 분류되어 개발도상국을 돕는 활동에 적극 참여해왔고, 실제로 일본, 호주, 뉴질랜드, 홍콩, 싱가포르 등과 함께 아시아 · 태평양지역 개발도상국을 돕는 활동에 앞장서고 있었다.

레이테 섬의 산사태 소식이 전해지자 국제해비타트 본부는 '재난 대응 프로그램'을 가동했다. 한국해비타트도 레이테 섬을 돕기 위해 신문과 방송을 통해 자원봉사단을 모집하기 시작했다. 당시 KBS의 〈사랑의 리퀘스트〉에서 한국해비타트의 구호 활동에 동참해 2,000만 원의 지원금을 전달해주었다. 다른 여러 곳의 도움이 이어지면서 구호 활동이 한층 탄력을 받았다.

총 두 차례에 걸쳐 자원봉사단 50여 명이 파견됐다. 그들은 서로 일면식도 없는 사이였지만, 필리핀 사람들을 위해 '사랑의 집'을 짓겠다는 마음으로 하나가 되었다. 출국 당일에 인천공항에서 첫 모임을 가진 자원봉사단은 '인사는 간결하게, 기도는 길게!'라는 다짐을 하면서 필리핀 마닐라행 비행기에 올랐다.

3시간의 비행을 마치고 필리핀에 도착한 자원봉사단은 세부로

가는 비행기로 갈아탄 후 세부공항에서 버스를 타고 항구로 이동, 그 후 다시 배를 타고 3시간을 더 가서야 레이테 섬에 도착할 수 있었다. 그러나 거기서 끝이 아니었다. 숙소까지 차로 6시간을 더 이동해야 했다. 레이테 섬의 주도(主都)인 타클로반에 도착했을 때는 이미 하루가 다 지난 후였지만, 안전하게 도착했다는 것에 감사하며 내일을 기약했다.

자원봉사단은 레이테 섬의 빠띠마 마을에 짐을 풀었다. 주민들은 대부분 농사로 생계를 이어왔으나 산사태 이후 30미터 깊이의 진흙에 집과 건물이 파묻혀 모든 삶의 터전이 사라져버린 상태였다.

전해 들은 산사태 직후 상황은 훨씬 더 심각했다. 초기에 왔던 구조대들은 허리까지 빠지는 진흙과 바윗덩이 때문에 구조에 큰 어려움을 겪었다고 했다. 사고 현장으로 진입하는 도로 곳곳이 무너져 처음에는 민간인 자원봉사자의 입국이 제한되고 미국 해병과 말레이시아, 대만, 스페인, 호주 등에서 급파된 구조대만 수색작업을 펼칠 수 있었다. 거기다 약해진 지반의 추가 붕괴 우려 때문에 중장비가 들어가지 못해 사람이 수색하다 보니 그 어려움은 말로 다 할 수 없었다. 두 달쯤 지나 민간인 자원봉사자의 참여가 가능해지면서 한국해비타트도 봉사단을 파견할 수 있었다.

다음 날, 자원봉사단은 교회에 먼저 방문해 예배를 드리고 학교를 찾았다. 진흙더미를 견딘 유일한 건물인 초등학교는 주민들이 임시 수용소로 사용하고 있었다.

자원봉사단이 도착했을 때는 25세대가 한 교실에서 생활하고 있었다. 자원봉사단은 집을 새로 지을 터를 둘러보면서 잔해를 치웠다. 본격적으로 집을 짓기 전에 주민들과 친해지며 마음을 나누는 것이 먼저라고 생각해서 필리핀 어린아이들과 공놀이 하는 시간을 가지기도 했다.

다행히 아이들은 어려운 상황에서도 밝은 웃음을 잃지 않았다. 외국에서 온 손님들에게 많은 관심과 애정을 보여주는 아이들을 보며 자원봉사단은 큰 감동을 받았다.

도착한 지 3일째 되던 날, 자원봉사단은 집 지을 땅을 고르는 일부터 시작했다. 땅을 파고 콘크리트 작업을 준비하는 데 꼬박 하루가 걸렸다. 이튿날에는 콘크리트 작업을 하기 위해 모래와 자갈, 시멘트를 나르고, 물도 직접 길어 와야 했다. 아침 일찍 시작했던 일은 늦은 밤이 되어서야 끝이 났다.

며칠간의 작업을 거쳐 외벽을 올리자 집의 형태가 서서히 만들어졌다. 철근을 이어 조립식으로 외벽을 올리는 작업은 쉬워 보이지만 한쪽이 틀어지면 이어지지 않기에 꼼꼼함이 필요했다. 필리핀에 오기 전부터 준비하고, 현장에서도 함께 집중한 덕분에 작업은 능숙하게 진행됐다. 며칠 만에 모두가 집 짓는 건축기술자가 된 것 같았다.

마지막 날, 줄자로 벽에 도안을 하고 석고 합판을 잘라 외벽을 만들었다. 지붕까지 만들어 올리자 집 2채가 뚝딱 완성됐다. 자원봉사단뿐만 아니라 마을 주민과 어린이들까지 그 광경을 지켜보며 환호했다.

오후 늦게 송별회가 열렸다. 레이테 섬 주지사와 주민들이 자원봉사단의 노고를 축하해주려고 방문했다. 그리 오랫동안 같이 있지 않았는데도 같이 땀 흘리고 울고 웃으며 지내서였는지 여기저기서 가족을 떠나보내는 듯 아쉬워했다.

산사태로 부모를 잃고 이웃집에서 지내는 세 자매도 그 자리에 있었다. 엄마 역할을 해온 11살 맏언니는 자원봉사단의 한 팀원과 마음이 잘 맞아 자원봉사 기간 내내 따랐고, 그 팀원도 자신을 따르는 아이를 안아주고 잘 챙겨줬다. 그러나 이별의 순간이 다가오자 서로의 이름을 부르며 펑펑 울었고, 주변 사람들도 그 광경을 보며 함께 눈시울을 붉혔다.

"봉사하러 왔다가 너무 많은 사랑을 받았습니다. 아이들의 웃음과 눈물이 자꾸만 생각납니다."

한 자원봉사자가 아는 사람 하나 없이 참여한 레이테 섬 자원봉사에서 큰 감동을 경험했다며 소감을 전했다. 출발 전에는 덥고 낮선 환경에서 집을 제대로 지을 수 있을까 걱정했지만, 현장에서 집을 지으며 필리핀 어린이들과 정(情)이 쌓이니 두렵고 떨리던 마음이 점차 사라졌다고 했다. 또한 따뜻한 눈으로 자신을 지켜봐주던 어린이들 덕분에 사랑도 느끼고 담대함도 가질 수 있었다고 했다.

봉사활동 기간, 현장에서 멀지 않은 곳에서 작은 부활절 축제가 열렸다. 자원봉사단은 축제에 참여해 장기 자랑을 하는 등 주민들과 즐겁게 시간을 보내며 잊지 못할 추억을 만들기도 했다.

필리핀 레이테 섬을 떠나오는 길, 자원봉사단은 함께 모여 기도하는 시간을 가졌다. 이들은 주민들이 새로운 집에서 고통스러운 기억을 잊고 힘찬 새 출발을 할 수 있기를 한마음으로 기도했다.

# 건강한
# 변화

만약 집에 깨끗한 물이 나오지 않고, 화장실이 없다면 어떨까?

단순히 생활이 불편한 정도에서 끝나지 않고, 위생에 문제가 생겨 건강에 악영향을 미칠 것이다. 각종 질병에 쉽게 노출되고, 특히 면역력이 약한 아이들에게는 치명적일 수 있다. 그래서 한국해비타트는 집을 짓는 것과 동시에 식수 및 위생환경에도 신경을 쓰고 있다.

한국해비타트는 유엔의 '지속 가능 발전 목표(SDGs)'에 부합하는 사업을 다양하게 진행하고 있다. 그중에 하나인 '깨끗한 물과 위생'이라는 목표를 위해 아시아, 아프리카, 중남미 등 해외에서 식수와 위생 관련 사업을 펼치고 있다.

한국해비타트의 '식수 개선 사업 및 위생 증진 사업(이하 '식수 위생 사업')'은 많은 이들의 공감을 얻으며 시작됐다. 그러나 해외에서 이 사업을 추진하는 일은 예상보다 쉽지 않았다. 현지 단체와의 긴밀한 협력이 필수적이었고, 현지 상황에 대한 깊은 이해도 필요했기 때문이다. 거기다 사업 대상 지역이 넓어 비용 부담도 만만치 않았다. 그래서 한국해비타트는 한국국제협력단(KOICA, 이하 '코이카')과 파트너십을 맺고 사업을 함께 진행하기로 했다.

한국해비타트 해외사업팀 담당자는 누구보다 식수 위생 사업에 애정을 두고 있다. 아프리카, 동남아시아를 여행하면서 저개발국가를 지원하는 사업의 필요성을 절실히 느끼게 된 그는 자연스럽게 빈곤문제에 관심을 두게 됐다. 특히 기본적인 삶의 요건인 '물'과 '화장실'을 갖추는 사업이 저개발국가 주민들의 지속 가능한 삶에 필수라는 인식을 갖게 되었다.

"우리가 일상에서 잘 느끼지 못하지만 마실 물은 매우 소중합니다. 그러나 지구 어딘가에서는 물을 구하기 위해 하루에 2~3시간씩 걸어가야 하는 경우가 흔합니다. 만약 우리가 일정 비용을 들여 우물을 설치해준다면 주민들의 삶은 획기적으로 개선될 것입니다. 오염된 물로 인한 수인성 질병에서 해방되어 건강이 증진되고, 물을 길으러 다니지 않아도 되니 그 시간에 다른 생산적인 활동을 할 수 있

한국해비타트가 설치한 공공 식수 시설과 식수 저장소

습니다. 집을 짓는 것과 함께 식수 위생 사업에 관심을 두는 것은 지구촌 이웃을 위해 당연히 해야 할 일입니다."

한국해비타트가 추진하는 식수 위생 사업은 10~15년간 지속 가능하도록 설계 및 실행되고 있다. 단순한 보여주기식의 단기 지원이 아니라 주민들의 삶이 실질적으로 바뀔 수 있도록 철저히 준비하는 것이다. 예를 들어, 수도가 고장 났을 때 외부의 도움을 기다리지 않고 주민들이 직접 고칠 수 있도록 관련 교육까지 진행하는 것이 이러한 노력의 일환이다.

이와 같은 계획에 따라 해외 여러 지역에서 한국해비타트의 식수 위생 사업이 진행됐다. 2020년부터 2022년까지 에티오피아의 아르시 내게래가 주요 사업지로 선정되어 공공 식수 시설과 식수 저장소를 포함한 총 6개소에 식수 공급망이 구축됐다.

처음 아르시 내게래를 찾았을 때 한국해비타트 직원들은 열악한 위생 시설과 개인 위생에 대한 낮은 인식에 다소 놀라기도 했다. 주민 중 30%가 길에서 배변을 하고, 9% 정도만 왕복 30분 이내 거리에 있는 깨끗한 식수에 접근할 수 있었다. 이에 한국해비타트는 현지 위생 스타트업을 지원해 847세대의 화장실을 개선하는 작업을 진행하고, 주민들을 대상으로 식수 관리와 화장실 사용의 중요성을 지속적으로 교육했다.

2023년부터는 방글라데시 노아칼리에서 '비소 저감 시설 설치'를 주요 사업으로 했다.

국제암연구소(IARC)에서 1급 발암물질로 분류하고 있는 비소를 장기간 섭취하면 폐암, 피부암, 간암에 걸릴 수 있고, 단기적으로는 심각한 피부병, 호흡문제를 일으키기도 한다. 그런데 많은 우물이 비소에 오염되어 있는 실정이었다.

방글라데시는 1970년대부터 우물 속 비소 오염문제를 인지하고 있었으나, 경제적인 이유로 지금보다 100미터 이상 깊이 우물을 파야 한다는 해결책을 실행하지 못했다. 주민들은 비소에 오염되지 않은 물을 구하기 위해 1킬로미터 이상 멀리 떨어진 우물에 가거나 연못물을 이용해 요리하는 등 어려운 환경에 놓여 있었다.

한국해비타트는 현지 정부, 코이카와 협력해 10여 차례에 걸쳐 비소 오염 우물을 모니터링하고, 200회 이상의 수질 검사를 통해 심각하게 오염된 우물 근처에 깊이 120~200미터의 새로운 우물을 만들었다. 비소에서 자유로운 빗물을 안전하게 저장할 수 있는 시설도 함께 구축했다. 비소의 위험성과 수인성 질병 예방을 위한 교육도 진행해 약 1,700명의 주민과 지방 관리자들이 관련 교육을 수료했다. 그 결과 비소 오염이 안 된 우물 66개소, 빗물 저장 시설 36개소를 설치했으며, 2025년 말까지 이 사업을 꾸준히 이어갈 계획이다.

한국해비타트는 방글라데시뿐만 코트디부아르, 에티오피아에서도 인도적 지원과 식수 위생 사업을 펼치고 있다. 정수되지 않은 물을 마시고 설사, 콜레라, 장티푸스와 같은 수인성 질병에 걸렸던 주민들은 깨끗한 식수와 안전한 위생 시설, 위생 인식 개선 활동을 통해 더 나은 삶으로 나아가고 있다.

"학교에 화장실이 생기기 전에는 풀숲에서 볼일을 해결했지만, 지금은 화장실을 편리하게 이용하고 있어요. 곧 중학생이 되는데 중학교에도 화장실과 식수 시설이 잘 갖춰져 있으면 좋겠어요."라는 학생의 바람이 이루어지도록 한국해비타트는 세계 곳곳에서 건강한 변화를 만들어가고자 노력하고 있다.

# 건물 하나로
# 지역 전체를
# 바꾸다

인도에서 전 세계를 충격에 빠뜨린 안타까운 소식이 전해졌다. 한 10대 소녀가 집 밖에서 용변을 보는 것이 수치스럽다며 극단적 선택을 한 사건이었다. 소녀는 여러 차례 집 안에 화장실을 설치해 달라고 부모에게 부탁했지만, 가난 때문에 할 수가 없었다. 당시 소녀가 살던 지역은 90% 이상의 세대가 화장실을 갖추지 못한 상태였다.

우리나라는 언제 어디서나 5~10분 이내에 화장실을 찾을 수 있을 만큼 세계적으로 화장실 인프라가 잘 갖춰진 국가 중 하나이다. 그래서 깨끗하고 편리한 화장실이 당연한 것으로 자리를 잡았지만,

세계로 눈을 돌려보면 이는 결코 당연하지 않다. 아직까지도 35억 명의 인구가 안전한 화장실 없이 살아가고 있기에 유엔은 화장실로 인한 식수 및 위생 안전의 심각성을 알리고 화장실 보급을 늘리기 위해 11월 19일을 '세계 화장실의 날(World Toilet Day)'로 제정했다.

유엔은 '세계 화장실의 날'을 제정한 이후부터 화장실의 중요성을 알리는 다양한 캠페인을 세계적으로 펼쳐왔다. 한국해비타트 역시 '깨끗한 화장실'의 중요성을 인식하고 이를 위해 힘쓰고 있다.

한국해비타트가 찾은 방글라데시의 곤드라파 마을에서는 주민 대부분이 천막과 나무막대로 만든 공용 화장실을 사용하거나 화장실이라는 개념조차 없이 생활하고 있었다. 그나마 있는 화장실도 표준 위생을 충족하는 곳은 10곳 중 1곳도 되지 않았다. 곤드라파 마을은 주민 중 64%가 기준 이하의 주택에서 살고, 92%가 관정 우물에 의존하며, 문맹률이 48%에 달하는 등 빈곤이 대물림되는 지역이었다.

상황이 이러하니 목욕 시설도 제대로 갖춰지지 않았다. 여성들 대부분은 가림막조차 없는 저수지 등 외부 공간에서 목욕해야 했다. 오물이 흘러든 웅덩이 옆에서 아이들이 뛰어놀고, 엄마들은 그 옆에서 설거지하고 세수하는 상황이 일상이었다. 질병 감염으로 인한 건강문제, 여성 인권과 직결되는 다양한 위험이 도사리고 있었다.

한국해비타트는 곤드라파 마을 주민들의 위생과 여성 인권을 향상시킬 수 있는 커뮤니티센터를 건축하기로 했다. 센터 건축을 위해 코이카, 방글라데시의 수도 다카에서 도시 개발 사업을 진행해온 하나도시연구소, 그리고 방글라데시해비타트와 협력했다.

건축 설계에는 당시 충북대학교 건축학과에 재직 중이던 이병연 교수가 참여했다. 이 교수는 남녀 성별이 구분된 화장실과 목욕 시설, 어린이도서관과 주민 회의 장소가 있는 주민 커뮤니티센터를 제안했다.

주민들과 여러 차례 워크숍을 거치며 논의한 결과, 주민들은 특히 '튼튼한 건물'을 원했다. 이를 수용해 이 교수는 주민 약 1,100명이 동시에 이용할 수 있도록 2층 구조로 설계했다. 건물은 외관상 두 동으로 보이지만 2층이 연결된 구조로, 2층에서 아이들이 뛰노는 마당을 내려다볼 수 있었다.

한국해비타트는 건축 자재 확보가 쉽지 않은 방글라데시 현지 사정을 고려해 CIEB(Compressed Interlockiong Earth Block) 사용을 제안했다. 현지 흙에 시멘트를 첨가해 반죽한 후 사람의 힘으로 압축해 만드는 CIEB는 인공 건조 과정이 없어 친환경적이면서도 견고해 합리적인 비용으로 튼튼한 건축물을 만들 수 있었다.

또한 이 교수는 곤드라파 마을 주민들이 커뮤니티센터를 편하게

본돈커뮤니티센터는 바깥에서 보면 두 동으로 보이지만, 2층에서 서로 연결된다.

이용할 수 있도록 내부 인테리어에도 심혈을 기울였다. 현지에서 쉽게 구할 수 있는 목재와 대나무를 활용하여 문과 채광창을 만들었고, 다락 공간, 책상, 책장을 대나무로 제작하여 센터에 따뜻한 감성을 더했다.

처음에는 주민들이 나무와 대나무를 사용한다는 말에 견고성이 떨어질 것을 우려했지만, 이 교수의 자세한 설명을 들은 후에는 흔쾌히 동의해줬다. 실제 나무와 대나무를 이용해 채광창을 제작하니 불을 켜지 않아도 실내가 밝고 바람이 잘 통해 주민들에게 만족도가 매우 높았다.

주민들은 15개월에 걸쳐 완공된 커뮤니티센터를 매우 반가워했다. 특히 화장실과 목욕 시설은 여성 주민들에게 인기가 높았다. "오수 처리 시설이 갖춰져 있는 정화조와 빗물을 저장해 활용할 수 있는 지하 관정도 매립했습니다."라는 설명을 들은 여성 주민들은 안전하고 깨끗하게 씻을 수 있는 공간이 생겨서 좋다며 기뻐했다.

준공식에서 주민들은 커뮤니티센터의 이름을 '본돈(Bondon)'이라고 지었는데, '본돈'은 방글라데시어로 '함께'라는 뜻이다. 이 이름에는 주민들이 주인이 되어 커뮤니티센터를 잘 운영하고 관리하겠다는 다짐이 담겨 있다.

본돈커뮤니티센터는 앞으로 오랜 시간 동안 주민들의 삶의 질을

본돈커뮤니티센터에서 공부하고 있는 마을 어린이들

건물 하나로 밝아진 마을 어린이들의 표정

향상하는 데 중요한 역할을 할 것이다. 한국해비타트는 본돈커뮤니티센터에서 환하게 웃는 아이들과 기뻐하는 여성 주민들을 보며, 앞으로도 더 많은 곳을 지원하리라 다짐했다.

# 혼자가 아닌
# 하나의
# 팀으로

우리 가족은 부모님이 지으신 낡은 집에서 살았어요. 강풍이 잦은 지역이라 바람이 불 때마다 저와 아내, 두 딸은 지붕이 무너져 내릴까 늘 걱정이었고, 비가 올 때는 집 안 곳곳에 비가 샜습니다. 화장실과 욕실이 없어 늘 이웃집 화장실을 써야 했고, 특히 석면 슬레이트로 된 지붕과 깨끗하지 못한 환경은 백혈병을 앓고 있는 둘째 딸의 건강에 치명적이었어요. 의사는 병이 완치될 가능성이 거의 없다고 했습니다.

하지만 새집으로 이사 온 후에는 수술을 받으면 회복할 수 있을 거라는 진단을 받았어요. 새집에 살게 된 것이 꿈만 같은지 자다가도 몇 번이나 깨 여기가 어딘지 물어보는 딸이 이제 건강해질 수 있다고 하니 더욱 열심히 일할 거예요.

2020년 봄, 한국해비타트 해외사업팀 담당자는 베트남의 한 홈오너에게서 온 이 편지를 받고 뿌듯한 감동과 함께 안타까운 마음이 들었다. 언제 다시 베트남을 방문해 그를 만날 수 있을지 알 수 없는 상황이었기 때문이다.

그해 3월, WHO(세계보건기구)가 코로나로 인한 팬데믹을 선언하면서 전 세계의 하늘길과 바닷길이 막혔고, 1996년에 시작해 그동안 쉰 적이 없었던 한국해비타트의 해외 건축 봉사 프로그램인 GV도 잠정 중단됐다.

GV는 열악한 주거환경에 놓인 지구촌 이웃들을 위해 집을 짓거나 개선하는 해외 건축 봉사 프로그램이다. 참가를 희망하는 자원봉사자들은 팀으로 파견되어 5~14일 동안 낮에는 홈오너와 함께 집을 짓고, 저녁에는 현지 주민들과 교류하며 지낸다. 근처 초등학교나 보육원(고아원)을 방문해 해당 지역의 아이들과 어울리며 한국을 소개하는 시간도 갖는다. 마지막 날에는 지은 집을 홈오너에게 전달하는 헌정식을 하면서 완공을 축하하는 시간을 갖는다.

2023년, 오랜 기간 막혔던 하늘길이 활짝 열리면서 한국해비타트 직원들은 언제 다시 만나게 될지 기약이 없던 지구촌 이웃들을 다시 만날 생각에 한껏 기대감에 부풀었다.

재개된 GV의 첫 테이프를 끊은 곳은 한 보험사의 신입사원들이었다. 재개 소식을 듣자마자 기다렸다는 듯 GV 참가신청서를 제출한 것이다. 아직 날씨가 쌀쌀한 2월, 인천공항에 모인 신입사원들은 14시간의 비행을 마치고 인도네시아 족자카르타에 도착했다.

현지 홈오너가 살고 있는 집은 대나무로 얼기설기 지어져 있었고, 방이라는 개념 없이 한 공간에서 가족 모두가 생활하고 있었다. 비가 오면 대나무 사이로 빗물이 들어왔고, 주방은 아예 없었다.

한국해비타트는 이곳에서 주택 3채를 짓기로 했다. 코로나 이후 물류와 수송 여건이 완전히 회복되지 않아 건축 기간을 두 달 정도로 잡고, 짧은 GV 봉사 기간을 고려해 콘크리트 작업과 철근 묶기 등 초기 작업을 중점적으로 진행하기로 했다.

GV의 시작은 오리엔테이션이다. 무엇보다 안전이 중요하기에 준비운동을 마친 뒤 안전모, 장갑, 안전화 등을 착용하고 현장으로 향한다.

자원봉사자들은 2개 조로 나누어졌다. 1조는 자재 운반과 시멘트 혼합 작업을 맡았다. 레미콘 기계가 현지에 없어서 기본 건축 자재인 콘크리트를 직접 섞었다. 2조는 철근에 와이어를 묶는 작업을 맡았다. 보통 기계를 이용해 작업하는데 이곳에는 관련 기계가 없어서 자원봉사자들이 손으로 만들어 냈다.

각 조의 작업이 마무리되면 거푸집에 콘크리트를 부어 집의 골조를 만들었다. 눈앞에서 골조가 만들어지는 모습을 본 자원봉사자들은 감격스러워했다.

다음 날에는 벽돌 운반과 미장 작업이 이어졌다. 시멘트 벽돌로 한 층씩 쌓으면서 시멘트를 발라 마무리하는 과정을 통해 집이 완성되어갔다.

"우리 가족에게 새집을 선물해 주서서 감사합니다. 이 집에서 아이들이 안전하게 지내고 공부도 할 수 있게 되어 너무 기쁩니다. 감사하다는 말밖에 생각나지 않네요."

완공된 집을 본 홈오너는 자원봉사자들과 한국해비타트 직원들에게 진심 어린 감사를 전했다. 방 없이 한 공간에서 생활하던 그들이 이제 주방과 화장실이 있는 새집에 살게 됐으니 어떻게 그 감동을 몇 마디 말로 표현할 수 있을까?

한 뜻 아래 모인 사람들이 팀을 이루어 누군가에게 삶의 희망을 전하는 가슴 벅찬 감동을 느껴보고 싶다면, 한국해비타트의 GV를 경험해보라고 추천하고 싶다.

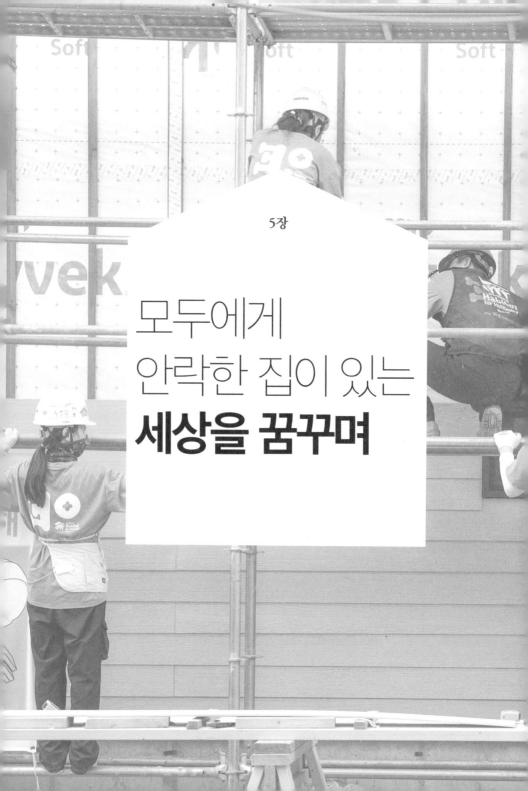

5장

모두에게
안락한 집이 있는
**세상을 꿈꾸며**

지난 30년 동안 한국해비타트는 주거환경 개선을 통해
따뜻한 지역사회를 만들기 위한 노력을 해왔다.
그 여정에서 다양한 프로젝트를 진행하며
단순히 누군가에게 도움을 준다는 생각 이상으로
우리 사회가 더 인간적이고 풍요로운
모습으로 바뀌어 가는 것을 경험했다.
한 세대의 집을 지을 때마다 세상이 1%씩 나아지듯
한국해비타트의 따뜻한 발걸음은
1년 365일 쉬지 않고 계속 이어지고 있다.

# 어른의
# 역할

 

150년도 더 된 흙집, 어두운 밤이면 빛 한 점 들어오지 않는 재래식 화장실, 언제 무너질지 모르는 낡고 삭은 천장, 찬물밖에 나오지 않지만 유일한 세면대이자 빨래터인 수돗가.

'그런 집이 있을까?' 싶겠지만 재현, 민현 형제가 사는 집이 그랬다. 형제의 유일한 독립공간이었던 작은 방은 천장이 일부 무너져 있었고, 추운 겨울이나 비가 오는 날이면 밖에 있는 수돗가에서 도저히 씻을 수 없어서 지역아동센터를 찾아야 했으며, 밤에는 위험한 재래식 화장실을 이용할 수 없어서 요강을 사용해야 했다.

형제는 부모의 이혼으로 어린 나이에 할아버지, 할머니에게 맡겨졌다. 이런 집에서 생활한 지 6~7년이 되어가지만, 집을 고칠 형편이 되지 않아 유일하게 남아 있는 방 한쪽에 짐을 쌓아둔 탓에 제대로 이부자리도 펴지 못한 채 지내야 했다.

그런 환경에서도 형제는 일찍 철이 들었다. 한창 응석 부릴 나이임에도 형제는 할머니를 돕기 위해 찬물만 나오는 싱크대에서 설거지 등을 도맡아 했다. 그런 형제에게 가장 즐거운 시간은 서로의 꿈을 이야기할 때였다. 타고난 운동 신경을 바탕으로 육상 선수를 꿈꾸는 재현이와 미술에 소질이 있어서 화가를 꿈꾸는 민현이는 서로의 꿈을 이야기하며 위로를 건넸다.

그러던 어느 날, 언제나 씩씩하던 형제가 눈물을 쏟고 말았다. 의지하던 할아버지가 전립선암 판정을 받은 것이다. 그날 이후 형제의 꿈은 달라졌다. 육상 선수와 화가라는 꿈 대신, 좀 더 안락한 집에서 할아버지, 할머니, 그리고 돈 많이 벌면 데리러오겠다는 엄마와 함께 지내는 꿈으로 말이다.

형제의 꿈을 이뤄주기 위해 한국해비타트는 KBS 〈동행〉, 해피빈 등과 함께 재현, 민현 형제의 사연을 전하며 모금 캠페인을 진행했다. 많은 사람의 도움으로 후원금이 모이면서 한국해비타트는 형제를 위한 집을 짓기 시작했다.

야생화가 가득했던 땅에 토목공사, 골조공사가 이뤄지면서 집의

다시 꿈을 꿀 수 있게 지어진 재현, 민현 형제의 집, before & after

기틀이 잡히고, 수많은 자원봉사자의 땀방울이 모여 드디어 따뜻한 집이 완성됐다. 깨끗한 화장실과 부엌, 형제만을 위한 방, 안전한 자재로 지은 안락하고 에너지 효율까지 높은 집이 형제의 새 보금자리가 됐다.

"옛날에는 목욕도 잘 못하고 다락에서 자면 추웠는데 이제 따뜻한 집에서 목욕도 하고 넓은 집에서 형이랑 놀게 돼서 좋습니다. 이런 집을 지어주셔서 감사합니다."

한국해비타트는 아동의 주거환경 개선을 위해 노력하고 있다. 곰팡이가 핀 벽, 벌레가 들끓는 바닥, 단열이 되지 않아 춥거나 더운 공간은 아동의 건강을 위협한다. 열악한 주거환경에 사는 아동은 그렇지 않은 아동보다 알러지, 아토피 등 질병 발생 확률이 50% 가까이 더 높다는 조사 결과도 있다. 또한 주거환경이 위생적이지 않거나 열악하면 신체 건강뿐만 아니라 정신 건강에도 악영향을 미친다. 그래서 한국해비타트는 안락한 집을 지어 아이들의 웃음과 건강을 지켜주고자 애쓰고 있다.

한국해비타트는 아동의 주거환경 개선을 위해 집을 짓는 것 외에도 아동의 주거권을 보호한다는 의미를 담아 '하이 파이브(Hi Five)'라는 아동 주거권 지지 캠페인을 펼쳤다. 제대로 목소리를 낼 수 없는 아이들을 위해 책임감 있는 한 명의 어른이 되고 싶었기 때문이다. 가장 보호받아야 할 시기에 열악한 주거환경에서 자라는 아이들의 몸과 마음을 지키고 회복을 돕기 위한 한국해비타트의 관심은 앞으로도 계속될 것이다.

# 희망이
# 태어나는
# 집

　번개건축(Blitz Build)은 'Blitz'라는 독일어 '번개'의 어원에서 나온 단어인데, '번개처럼 빠르게 짓는다.'라는 의미로 실제 아주 빠르게 진행되는 초단기 건축 프로젝트다.

　우리나라에서는 JCWP 2001의 열기를 이어가기 위해 2002년에 한국번개건축(KBB : Korea Blitz Build)이라는 이름으로 시작됐다. 한국번개건축은 약 1주일에 걸쳐 진행되는데 자원봉사자 수백 명이 수십 세대를 동시에 완성해가는 것이 특징이다. 많은 자원봉사자가 필요하기 때문에 보통 자원봉사자들이 참여하기 쉬운 여름휴가 및 방학 기간에 진행된다.

2024년에 진행된 한국번개건축은 코로나 이후 5년 만에 재개된 만큼 여러 면에서 특별했다. 모든 홈오너가 '무주택 신혼부부'라는 점, 한국해비타트가 처음으로 분양하는 단독주택이라는 점에서 남다른 의미가 있었다.

무더웠던 8월, 3일간 매일 100여 명의 자원봉사자가 한국번개건축이 진행된 천안 '희망의 집 짓기' 현장에 모여 2층 단독주택, 총 16개 동의 건축에 참여했다. 2002년에 시작되어 15번째로 진행된 한국번개건축이었다.

한국해비타트는 이번 '희망의 집 짓기' 사업을 준비하면서 기존 틀을 유지하면서도 변화를 시도하기로 했다. 경제적 기반이 약해 집이 절실하게 필요한 사람들이 누구인지 고민하던 끝에 사회초년생, 그중에서도 무주택 신혼부부들의 어려움에 주목하게 됐다.

대한민국의 높은 주거비 문제는 어제오늘의 일이 아니다. 특히 높은 주거비는 신혼부부들에게 큰 부담이 되고 있다. 국토연구원 분석에 따르면, 급등한 집값은 출산을 망설이게 하는 주요 요인 중 하나다. 신혼부부를 위한 안정적인 주거대책이 마련된다면 출산율 변화에도 긍정적인 영향을 미칠 수 있을 것이다.

관련한 인터뷰와 자료 조사 끝에 한국해비타트는 자녀를 낳았거나 낳고 싶어 하는 신혼부부들을 홈오너로 선정하기로 했다. 이후 신혼부부와 예비 신혼부부를 대상으로 입주 신청서를 접수받기 시작했다. 동시에 어떤 집에서 살고 싶은지 등의 설문도 진행했다.

자녀를 낳고 싶어 하는 신혼부부라서였을까? '충간 소음'에 대한 우려가 가장 컸다. 어린아이들로 인해 자연스레 발생하는 소음이 이웃 간의 갈등을 유발하지 않을까 걱정하는 듯했다.

그다음은 집의 크기였다. 13~17평 규모에 방 2개, 화장실 1개인 집은 아이들을 키우기에 비좁다고 응답했다. 마지막으로 출퇴근 시 차량을 이용하기 때문에 주차공간이 잘 갖춰지기를 바랐다. 한국해비타트는 이러한 의견을 모아 해결방안을 모색했다.

첫째, 충간 소음문제는 2층 이상의 연립주택에서는 피하기 어렵지만 단독주택이라면 해결 가능했다. 단독주택이라면 아이들이 마음껏 뛰어놀 수 있겠다는 기대도 있었다.

둘째, 단독주택을 2층으로 만들면 집 크기를 자연스럽게 넓힐 수 있어 아이들을 위한 방도 더 확보할 수 있었다.

셋째, 단독주택 옆에 주차공간을 따로 만들면 주차문제를 해결할 수 있었다. 세대별로 개별 주차공간이 있다면 주차난을 겪을 일도 없다.

이를 반영해 2024년에 진행할 한국번개건축의 설계도면과 조감도가 완성됐다. 창립 이래 처음으로 '2층 단독주택' 건설이 결정됐

한국번개건축 현장의 자원봉사자들

5년 만에 재개된 한국번개건축(KBB)

고, 대지 크기를 고려해 세대수는 16세대로 정했다.

홈오너로 선정된 열여섯 가정이 모두 참석한 기공식에는 이미 아이가 셋이 있는 가정도, 출산이 예정된 부부도 있었다. 물론 결혼식을 앞둔 예비 신혼부부도 있었다. 모두 한목소리로 "2층집이 쩌렁쩌렁 울리도록 예쁜 아이를 낳아서 잘 키우겠습니다."라는 약속을 했다.

한 신혼부부가 말했다.

"결혼을 고민할 때 가장 큰 걱정이 집 문제였어요. 전셋집을 구하는 것조차 쉽지 않았죠. 그런데 한국해비타트를 통해 집 문제를 해결하면서 결혼을 결심할 수 있었습니다. 자녀 계획도 걱정이 많았는데 집이 생기니 안정된 환경에서 자녀를 키우며 행복한 결혼생활을 꿈꿀 수 있게 됐어요. 우리에게는 작은 기적이 일어난 것과 다름없습니다."

그리고 300시간 동안 건축 봉사에 직접 참여하는 '땀의 분담'을 실천하기 위해 현장에 올 때마다 만나는 많은 자원봉사자를 보면서 누군가가 자신들을 위해 노력해준다는 생각에 감회가 새롭고 감사한 마음이라는 말도 덧붙였다.

33도가 넘는 무더위에도 자원봉사자 300명이 현장을 찾은 모습은 예비 홈오너들에게 깊은 인상을 남겼다. 자원봉사자들도 "이웃을 위해 흘리는 땀을 통해 보람과 행복을 느꼈습니다. 이 집에서 아이들이 무럭무럭 자랐으면 좋겠어요."라며 서로를 응원했다.

이렇게 하나의 프로젝트를 통해 아이가 있는 가족, 신혼부부 등 여러 가정이 작은 마을을 이뤘다. 집을 짓는 동안에는 부부 두 명이었지만 입주할 때는 세 명이 된 가정도 있었다.

아이들이 맘껏 뛰어놀게 될 2024년 한국번개건축 주택단지의 이름은 '희망드림주택'이다. 한국해비타트는 '희망을 드리는 주택'이라는 이름의 뜻처럼 많은 이들에게 희망이 전해지길 간절히 바라며 다음 한국번개건축을 준비하고 있다.

# 우리 집을
# 부탁해

　'우리 집을 부탁해' 사업은 장애인가정, 다문화가정, 독거노인가정, 소년소녀가정, 한부모가정 등 주거 취약계층과 이민자통합센터, 지역아동센터, 공부방, 보육원 등 주거환경이 열악한 시설의 환경 개선을 지원하는 사업이다.

　수혜자는 주로 지자체의 추천을 통해 선정하는데, 경제적 어려움 때문에 스스로 주거환경을 개선하기 어렵거나 시설을 직접 수리하지 못하는 경우에도 한국해비타트 홈페이지(www.habitat.or.kr)를 통해 신청할 수 있다.

　대상자 선정은 1차 심사(서류)와 실사, 2차 심사(내외부 위원이 참석한 세대 선정위원회), 3차 선정(추가)으로 진행된다. 공정한 심사를 통해 최종 지원 대상자를 선정하고 해당 지회와 협력해 개선 사업을 진행한다.

선정된 가정과 시설은 책정된 예산 안에서 도배와 장판, 보일러, 화장실, 주방, 창호 등과 관련해 다양한 주거 지원을 받을 수 있다. 담당 사업팀은 수혜자와 소통하며 시급하게 환경 개선이 필요한 부분부터 보완한다.

'우리 집을 부탁해' 사업을 통해 수십 년째 비닐하우스에서 지냈던 독거노인 한 분을 만났다. 겨울에는 전기장판으로 난방 문제를 해결했지만, 온수는 해결할 수 없었다. 한국해비타트는 어르신을 위해 창호와 전기, 수도 배관 등의 공사를 진행했다. 또한 보일러 설치를 통해 난방과 온수문제도 해결했다.

낙상 사고로 일상생활이 어려워진 또 다른 어르신의 경우에는 집안 정리부터 전기, 욕실, 창호 보수까지 차근차근 진행해 좀 더 편안한 생활이 가능하도록 도왔다.

이처럼 수십 년 동안 고생하며 사신 어르신들의 삶은 단 며칠간의 공사로 안락하게 변화되었다.

많은 수혜자들이 감사의 마음을 손 편지에 담아 보내주었다. 손 편지 속 글자 하나하나에는 진심과 정성이 묻어나 있다.

"새집으로 이사 오니 말벌도, 쥐도 안 들어와서 안심됩니다. 시력이 점점 나빠지지만 새로운 집이라 안전해서 다행입니다. 안마를 배우고 있는데 빨리 취업해서 대출금도 갚으며 집을 채우고 가꿔 나갈 날이 기대됩니다. '내 집'이 생기니 집이 무척이나 좋습니다."

"학대 피해 아동들과 함께 지내는 그룹 홈은 아이들에게는 또 하나의 집과 같은 곳입니다. 오래된 외벽에서 파벽돌이 떨어져 아이들이 다치고, 장마철에는 곰팡이도 생기곤 했습니다. 이번에 한국해비타트 전남동부지회의 도움으로 아이들이 비바람에도 안심하고 지낼 수 있게 됐습니다. 주거 개선은 저에게는 행운이고 아이들에게는 소중한 선물이며 치료제입니다."

"국가유공자이신 아버지는 장애로 보행이 불편했지만 갈 곳이 없어 밭 한가운데 있는 컨테이너에서 지내셨습니다. 밖에 있는 간이화장실을 이용하셨고 샤워 시설도 없어 어려움을 겪으셨는데 이번 지원으로 아버지께 집이 생겼습니다. 정말 감사드립니다."

"방치된 집을 고쳐주셔서 감사합니다. 비가 오면 집 안으로 물이 새서 남의 집에서 지내곤 했습니다. 외부 화장실도 쓰기 힘들고 집에서 흙냄새도 나고 곰팡이도 많았습니다. 그런데 이렇게 예쁘게 고쳐주서서 감사드립니다. 여생을 이 집에서 행복하고 즐겁게 지낼 수 있을 것 같습니다."

어려운 이웃을 살피는 복지가 계속 확대되고 있지만, 여전히 복지 사각지대가 존재한다. 한국해비타트는 모든 사람에게 안락한 집이 있는 그날까지 주거 취약계층의 권리가 보호받을 수 있도록 앞장설 것이다.

# 집에는
# 국경이
# 없다

"북한에서도 해비타트 운동이 전개되기를 희망합니다."

JCWP 2001을 위해 우리나라를 찾은 지미 카터 전 대통령이 임진각에서 DMZ를 바라보며 샌드위치로 점심을 먹은 후, 기자들과 인터뷰하던 자리에서 꺼낸 말이다.

한국해비타트는 초창기 때부터 북한의 주택문제에 대해 관심을 두고 있었다. 당시 제정한 비전 중 3번째 비전이 '통일 이후에 북한의 주택문제를 해결할 것'이었다. 남한보다 심각한 북한의 주택문제를 해결하기 위해 주택 건설 역량을 강화한다는 계획이 포함되기도 했다.

그러던 중 2009년 한국해비타트는 특별한 요청을 받게 되었다. 오랫동안 인도적 차원에서 결핵 퇴치 사업을 지원해 온 한 재단이 한국해비타트에 북한의 내성 결핵환자들을 위한 요양실 기능이 있는 이동식 주택을 만들어달라고 요청한 것이다. 한국해비타트는 6채의 내성 결핵환자용 이동식 주택을 제작하기로 하고 자원봉사자를 모집했다.

북한으로 원활하게 전달할 수 있도록 이동식 주택은 임진각 평화누리공원에서 제작하기로 했다. 이동식 주택을 짓기 위해 건축 자재와 장비들을 고스란히 이곳으로 옮겨와야 했기에 공사 기간은 11일로 평소보다 길게 책정됐다.

2009년 8월 24일, 의뢰한 재단의 스태프들과 자원봉사자, 그리고 한국해비타트 임직원 50여 명이 모여 작업을 시작했다. 자원봉사자들은 8월 뙤약볕 아래서 땀을 뻘뻘 흘리며 이동식 주택을 지어갔다. 그늘도 없는 공터이다 보니 그 열기가 상당했다. 또한 안전을 위해 온갖 장비를 갖추고 작업하다 보니 조금만 움직여도 땀이 비 오듯 쏟아졌다.

11일간의 노력 끝에 완성된 6채의 내성 결핵환자용 이동식 주택은 5톤 트럭에 실려 북한으로 전달됐다. 이 사업은 북한 주민을 돕고자 했던 한국해비타트에게도 값지고 뜻깊은 경험이 됐다.

북한에 보내기 위해 임진각에서 만들고 있는 이동식 주택

실제 북한의 주택 현황은 어떨까? 북한은 중국을 통해 건축 자재를 받아야 하기에 처음부터 한계가 있다고 한다. 그래서 북한에서 집을 지으려면 수급 가능한 자재를 활용해 효율적인 공간이 만들어지도록 초기 단계에서부터 더 꼼꼼하고 더 세심해야 한다고 한다.

열악한 환경의 북한 주민에 대한 인도적 지원은 대한민국에 사는 우리 모두에게 주어진 큰 과제다. 한국해비타트는 '모든 사람이 차별 없이 안락한 집을 갖도록 하자'라는 해비타트 비전을 기억하며, 북한을 포함해 주거환경 개선이 필요한 곳이라면 어디든 달려갈 준비가 되어 있다. 더 이상 달려갈 일이 없는 그날까지.

# 한국해비타트가
# 필요한
# 그날까지

한국해비타트에서 짓는 집은 참 특별하다. 홈오너, 후원자(후원기업), 자원봉사자, 그리고 한국해비타트가 '함께' 짓기 때문이다. 그렇게 한 가정의 보금자리를 지키려는 마음과 직접 몸으로 봉사하는 사람들의 땀이 깃든, 세상 어디에도 없는 따뜻한 집이 완성된다.

한국해비타트가 '희망을 짓는 과정'은 총 6단계로 설명할 수 있다.

1단계, 다져진 바닥에 콘크리트를 붓고 비닐을 깐다. 그런 다음, 거푸집과 철근으로 기초를 탄탄히 다진다.

2단계, 목재를 재단해 벽체와 지붕을 만들고 합판과 방습지를 붙인다.

3단계, 기후와 곰팡이에 강한 외장재로 벽체를 마감한다. 지붕에는 방수 기능을 더하고 최종 마감재인 아스팔트슁글(목조주택에 가장 많이 사용되는 지붕재)을 부착한다.

4단계, 벽체 사이에 단열재를 넣고 화재에 안전한 석고 보드 벽체를 설치한다.

5단계, 바닥을 최종 마감하고 전기 및 난방, 상하수도를 설비하면서 내부 작업을 마무리한다.

6단계, 빗물과 오수가 나오는 관을 외부 관과 연결한 후 깨끗이 정리한다.

집은 '준공'으로 끝나지 않는다. 꼼꼼히 시공하더라도 누수, 결로, 방음, 난방 등 사후 관리가 필요한 문제가 발생할 수 있기 때문에 한국해비타트는 홈오너가 입주 후에도 안락하고 깨끗한 환경에서 지낼 수 있도록 꾸준히 AS(사후 관리)를 지원한다. 이는 겉으로 보이는 변화가 아닌 집의 구조와 기능적 문제를 근본적으로 해결하려는 노력이다. 그래서 홈오너와의 인연은 1~2년이 아니라 10~20년씩 이어진다.

한국해비타트는 국제 주거복지 대표 비영리기관으로서 후원금을 투명하게 공개하고 정직하게 사용한다는 데 깊은 자부심을 갖고 있다. 1994년 설립된 공익법인으로서 국토교통부의 감독을 받고, 매년 행정안전부와 외부 감사인의 감독하에 기부금 사용 내역을 공시한다. 국세청과 한국해비타트 홈페이지에도 회계 결산 자료와 기부금 사용 내역을 투명하게 공개하고 있다.

이렇게 투명하게 운영해온 한국해비타트는 2024년에 창립 30주년을 맞이했다. 30년간 국내외 2만 8,000여 세대에 안락한 보금자리를 제공했고, 약 40만 명의 자원봉사자들이 함께 참여했다.

투명하고 정직한 운영 원칙을 지키며 다양한 사업을 펼치는 한국해비타트는 1년 내내 분주하다. 일상 업무조차 벅찰 때가 있지만 한국해비타트가 나아갈 방향과 목표에 대해서도 늘 진지하게 고민하며 논의한다.

"우리의 목표는 무엇일까요?"

2024년 3월, 신입사원 교육을 진행하던 팀장이 직원들에게 물었다. 잠시 정적이 흐르더니 여기저기서 답변이 터져 나왔다.

"이웃들을 위해 집을 짓는 것입니다."

"집을 통해 사랑을 실천하는 것입니다."

"가정과 공동체의 회복을 지원하는 것입니다."

잠시 후, 모두의 고개를 끄덕이게 하는 대답이 나왔다.

"한국해비타트가 필요 없는 세상을 만드는 것입니다."

모두가 "맞다.", "맞네." 하며 고개를 끄덕였다.

한국해비타트는 주거 취약계층을 발굴하고 필요한 지원을 제공해 그들이 더 나은 삶을 살 수 있도록 돕고 있다. 아직 한국해비타트가 필요 없는 세상은 오지 않았지만, 그날이 올 때까지 직원들은 파트너들과 함께 집을 짓고 고치는 일을 이어나갈 것이다.

오 늘 도
희 망 을
짓 습 니 다

# 해비타트

**초판 1쇄 펴냄** 2024년 12월 17일

**엮은이** (사)한국해비타트
**펴낸이** 김경섭
**펴낸곳** 도서출판 삼인
**전 화** (02) 322-1845
**팩 스** (02) 322-1846
**이메일** saminbooks@naver.com
**등 록** 1996년 9월 16일 제25100-2012-000045호
**주 소** (03716) 서울시 서대문구 성산로 312 북산빌딩 1층

ⓒ 한국해비타트, 2024

**ISBN** 978-89-6436-272-3 03810